6

DAS ANDERE

CB049218

PROUST CONTRA
A DEGRADAÇÃO

DAS ANDERE

Proust contra a degradação
Conferências no campo de Griazowietz
Proust contre la déchéance
Conférences au camp de Griazowietz
Joseph Czapski
© Editions Noir sur Blanc, 1987, 2011
© Editora Âyiné, 2018, 2022
Nova edição revista
Todos os direitos reservados

Tradução: Luciana Persice Nogueira
Preparação: Fernanda Alvares
Revisão: Ana Martini, Giovani T. Kurz
Imagem de capa: Julia Geiser
Projeto gráfico: Luísa Rabello
ISBN: 978-655-998004-8

Âyiné

Direção editorial: Pedro Fonseca
Coordenação editorial: Luísa Rabello
Coordenação de comunicação: Clara Dias
Assistente de comunicação: Ana Carolina Romero
Assistentes de design: Rita Davis, Lila Bittencourt
Conselho editorial: Simone Cristoforetti,
Zuane Fabbris, Lucas Mendes

Praça Carlos Chagas, 49 — 2º andar
30170-140 Belo Horizonte, MG
+55 31 3291-4164
www.ayine.com.br | info@ayine.com.br

Joseph Czapski

PROUST CONTRA A DEGRADAÇÃO

Conferências no campo de Griazowietz

TRADUÇÃO

Luciana Persice Nogueira

Âyiné

SUMÁRIO

NOTA SOBRE O TEXTO

Estas conferências sobre Marcel Proust foram ministradas por Joseph Czapski em 1940-1941 a seus companheiros de detenção no campo soviético de Griazowietz. Seu texto foi datilografado em francês em 1943 ou em inícios de 1944, a partir de cadernos que só escaparam parcialmente à destruição (reproduzimos algumas páginas manuscritas ao longo desta edição). Em 1948, uma tradução polonesa da versão original francesa foi publicada nos números 12 e 13 da revista mensal *Kultura*, em Paris, sob o título «Proust em Griazowietz», por iniciativa de Teresa Skórzewska.

Com vistas a uma autenticidade, decidimos respeitar o texto original de Joseph Czapski, manter os erros de língua, as repetições, as invenções verbais e a pontuação. Apenas os nomes próprios foram restabelecidos em sua grafia usual.

Com memória e compreensão notáveis, Czapski reconstitui cenas inteiras de *Em Busca do Tempo Perdido*, chegando a citar frases com tanta precisão que nos foi possível encontrar, hoje, sem dificuldade, as citações exatas (que reproduzimos em nota).

INTRODUÇÃO DO AUTOR

(1944)

Este ensaio sobre Proust foi ditado no inverno de 1940--1941, num frio refeitório de um convento abandonado, que nos servia de sala de jantar em nosso campo de prisioneiros de Griazowietz, na URSS.

A falta de exatidão, o subjetivismo destas páginas, se explica, em parte, pelo fato de que eu não possuía uma biblioteca, qualquer livro concernente ao meu tema, e porque vi o último livro em francês antes de setembro de 1939. Eram somente lembranças da obra de Proust que eu me esforçava para evocar com uma precisão relativa. Não é um ensaio literário no verdadeiro sentido do termo, mas, antes, lembranças de uma obra à qual eu devia muito, e que eu não tinha certeza de rever algum dia em minha vida.

Éramos 4 mil oficiais poloneses apinhados dentro de dez ou quinze hectares, em Starobielsk, perto de Kharkov, desde 1939, até a primavera de 1940. Tentamos retomar algum trabalho intelectual, que deveria nos ajudar a superar nosso abatimento, nossa angústia, e defender nossos cérebros da ferrugem da inatividade. Alguns dentre nós começaram a dar conferências militares, históricas e literárias. Isso foi julgado contrarrevolucionário por nossos senhores de então, e alguns dos conferencistas foram imediatamente deportados rumo a direções desconhecidas. Ainda assim, essas conferências não foram interrompidas, mas cuidadosamente confabuladas.

Em abril de 1940, todo o campo de Starobielsk foi deportado, em pequenos grupos, para o norte. Nesse mesmo momento, foram evacuados dois outros grandes campos, os de Kozielsk e de Ostachkov, ao todo 15 mil pessoas. Os únicos, ou quase, desses prisioneiros a serem encontrados foram os quatrocentos oficiais e soldados de Griazowietz, perto de Wologda, no ano de 1940-1941. Éramos 79 em Starobielsk, dos 4 mil. Todos os nossos camaradas de Starobielsk desapareceram sem rastros.

Griazowietz era, antes de 1917, um local de peregrinação, um convento. A igreja do convento estava em ruínas, demolida a dinamite. As salas estavam cheias de madeirames, colchões infestados de percevejos, ocupados, antes de nós, por prisioneiros finlandeses.

Foi somente aqui que recebemos, depois de muitos procedimentos, a permissão oficial para nossos cursos, sob condição de apresentarmos, a cada vez, o texto para censura prévia. Numa pequena sala, lotada de camaradas, cada um de nós falava daquilo de que se lembrava melhor.

A história do livro era contada com um raro sentido de evocação por um bibliófilo apaixonado por Lviv, o doutor Ehrlich; a história da Inglaterra, a história das migrações dos povos, foram assuntos das conferências do frei Kamil Kantak de Pinsk, ex-redator de um jornal diário de Gdansk e grande admirador de Mallarmé; da história da arquitetura, nos falava o professor Siennicki, professor da Escola Politécnica de Varsóvia; e foi o tenente Ostrowski, autor de um excelente livro sobre o alpinismo, que fizera numerosas escaladas nos Tatras, no Cáucaso e nas Cordilheiras, que nos informava sobre a América do Sul.

No que me diz respeito, fiz uma série de conferências sobre a pintura francesa e a polonesa, assim como sobre a literatura francesa. Eu tive a sorte de estar convalescendo de uma grave doença, dispensado, por isso, de todos os trabalhos pesados, a não ser de lavar a grande escadaria do convento e descascar batatas, e, livre, podia me preparar tranquilamente para os bate-papos da noite.

Ainda vejo meus camaradas amontoados entre os retratos de Marx, Engels e Lenin, assolados depois de trabalhar num frio que chegava a 45 graus, que ouviam nossas conferências sobre temas tão distantes de nossa realidade de então.

Eu pensava assim com emoção em Proust, em seu quarto excessivamente aquecido, com paredes de cortiça, que ficaria bem espantado, e talvez comovido, de saber que, vinte anos depois de sua morte, prisioneiros poloneses, depois de um dia inteiro passado na neve e no frio que chegava frequentemente a quarenta graus, ouviam com interesse intenso a história da duquesa de Guermantes, da morte de Bergotte e tudo de que eu conseguia me lembrar desse mundo de descobertas psicológicas preciosas e de beleza literária.

Faço questão de agradecer aqui a meus dois amigos, o tenente W. Tichy, hoje redator da versão polonesa de *Parade*, no Cairo, e o tenente Imek Kohn, médico de nosso exército no fronte italiano. Foi a eles que ditei este ensaio em nosso frio e fedorento refeitório do campo de Griazowietz.

A alegria de poder participar de um esforço intelectual que nos dava prova de que ainda éramos capazes de pensar e reagir às coisas do espírito, sem nada em comum com nossa realidade de então, coloria-nos de rosa essas horas passadas no grande refeitório do antigo convento, estranha escola clandestina onde revivíamos um mundo que nos parecia então perdido para nós, para sempre.

Não entendemos por que justamente nós, quatrocentos oficiais e soldados, fomos salvos, em 15 mil camaradas que desapareceram sem rastros, nalgum lugar sob o círculo polar e nos confins da Sibéria. Nesse contexto lúgubre, essas horas passadas com lembranças de Proust, Delacroix, parecem-me as horas mais felizes.

Este ensaio é apenas um humilde tributo de reconhecimento à arte francesa que nos ajudou a viver durante esses certos anos na URSS.

CONFERÊNCIAS SOBRE PROUST

Griazowietz, 1941

Foi apenas em 1924 que um volume de Proust me caiu nas mãos. Recém chegado a Paris, conhecendo da literatura francesa apenas romances de segunda ordem, do tipo Farrère ou Loti, admirando acima de tudo um escritor tão pouco singular do ponto de vista do estilo, tão pouco típico do ponto de vista da língua francesa, como é Romain Rolland, tentei me orientar em meio à literatura moderna do país.

Era o período do grande sucesso do *Bal du Comte d'Orgel*, de Radiguet, esse curto romance do tipo *Princesa de Clèves*, período da fama ascendente de Cocteau, Cendrars, Morand, da fase telegráfica, da brevidade e da secura deliberada do estilo. Eis o que via um estrangeiro, então, na superfície das letras francesas.

Mais foi também então que a Stock reeditou *La Femme pauvre* e os outros romances pouco conhecidos de Bloy, e a NRF, as obras de Charles Péguy. Foi quando se editaram os grandes volumes consecutivos de *Em Busca do Tempo Perdido*, imenso romance de um certo Proust — coroado pela Academia Goncourt em 1919 —, que acabara de morrer.

Atraído pelo classicismo do *Bal*, por essa poesia de prestidigitador de um Cocteau, eu descobria, ao mesmo tempo, com arrepios, o mundo misterioso de Péguy em *Jeanne d'Arc*, seu estilo estranho com aqueles volteios e repetições infinitas, mas eu não conseguia superar os obstáculos que me separavam de Proust. Eu tinha começado a ler num de seus volumes (*Do Lado de Guermantes?*) uma descrição de uma recepção mundana, a descrição se arrastava por algumas centenas de páginas.

Eu conhecia pouco a língua francesa para saborear a essência desse livro, para apreciar sua forma rara. Estava habituado a livros em que acontecem coisas, em que a ação se desenvolve mais prontamente, contada em um francês mais corrente, eu não possuía cultura literária suficiente para abordar esses livros, tão preciosos, transbordantes e tão contraditórios com o que parecia ser àquela altura o espírito do tempo, esse espírito passageiro, que na ingenuidade da juventude representava uma nova lei que deveria durar até o fim dos tempos. As frases imensas de Proust, com seus desdobramentos infinitos, associações diversas, longínquas e inesperadas, a maneira estranha de tratar de temas superpostos e sem hierarquia clara. Eu nem suspeitava o valor desse estilo, sua extrema precisão e riqueza.

Somente um ano depois abri por acaso *Albertina Desaparecida* (décimo-primeiro[1] volume de *Em Busca do Tempo Perdido*), e de repente li-o da primeira página até a última, com um maravilhamento crescente. Confesso que não foi por sua matéria preciosa que Proust me pegou no *início*, mas pelo tema do volume: o desespero, a angústia do amante abandonado por Albertina desaparecida, a descrição de todas aquelas formas de ciúme retrospectivo, lembranças dolorosas, buscas febris, toda aquela clarividência psicológica do grande escritor, com aquele roldão de detalhes, de associações, atingiam-me em pleno peito, e foi só então que descobri um novo aparelho de análise psicológica de precisão desconhecida, um mundo novo de poesia, o tesouro de sua forma literária. Mas como ler, como encontrar tempo para assimilar esses milhares de páginas rigorosas? Foi graças a uma febre tifóide que me deixou inerte durante todo um verão que pude ler sua obra inteira. Eu voltava a ela infinitas vezes, encontrando, sempre, novos tons e novas perspectivas.

---

1 Na verdade, décimo-terceiro. Salvo indicação contrária, todas as notas são do editor [original].

Proust desenvolve sua formação literária, sua visão do mundo, nos anos 1890-1900, e é entre 1904-1905 e 1923[2] que quase toda a obra do escritor é criada. Que representavam essas épocas no movimento artístico e literário na França?

Lembremo-nos de que o *Manifesto Antinaturalista* dos discípulos de Zola data do ano de 1889, a reação antinaturalista atinge o próprio campo desse movimento, é o tempo da escola simbolista, com Mallarmé, professor do liceu frequentado por Proust, enquanto líder, e Maeterlinck, que atingia sucesso mundial. Os anos 1890-1900 são o triunfo do impressionismo, o gosto pelo primitivos italianos através de Ruskin,[3] a onda de wagnerismo na França, o período das pesquisas neoimpressionistas que, desenvolvendo certos elementos do impressionismo, contradizem sua própria essência estritamente naturalista. Na música, revelam-se Debussy e sua obra paralela às tendências impressionistas e neoimpressionistas na pintura. São os cursos de Bergson no Collège de France, coroados pela sua *Evolução criadora*, é ainda o apogeu de Sarah Bernardt no teatro. E, depois de 1900, chegam os

2   Proust morre em 1922. O fim da obra é póstumo.
3   John Ruskin (1819-1900), crítico de arte e sociólogo inglês, autor de obras fundadas na interdependência do domínio das artes e dos outros domínios da atividade humana.

balés russos de Diaghilev, revelação da música russa, do orientalismo fulgurante na decoração, Moussorgsky, Bakst,[4] *Schéhérazade*, e, por fim, Maeterlinck e Debussy no Opéra: *Pelléas e Mélisande*.

Eis o solo em que sorvem as raízes da sensibilidade criadora de Proust, os eventos artísticos que encontramos assimilados, transpostos em sua obra.

É necessário lembrar que o naturalismo (última etapa do realismo) e seus contrários, sobretudo o simbolismo, eram, perto do fim do século XIX, movimentos extremamente ricos em nuances diversas. Entrechocavam-se e se amontoavam uns sobre os outros; é só nos manuais escolares, editados depois, que eles são catalogados e delimitados estritamente. Mas, ao longo da vida, Mallarmé liga-se a Goncourt, um dos fundadores do naturalismo, visita Zola, e este afirma até que faria «como Mallarmé» se tivesse... mais tempo, querendo dizer com isso que as descobertas poéticas de Mallarmé não contradiziam, em absoluto, sua tese naturalista. Mas é o pintor Degas, amigo íntimo de Mallarmé, que representa, em sua forma mais elevada, esse amontoado de elementos, de conceitos ditos incompatíveis, que formam toda a trama da arte desse

---

4   Léon Bakst (1866-1924), artista e decorador russo célebre sobretudo pelos cenários realizados para os balés russos de Diaghilev, dentre os quais *Schéhérazade*.

tempo. Degas, admirador incondicional de Delacroix e de Ingres a um só tempo, expondo com os impressionistas desde a primeira hora, pintor das dançarinas, dos cavalos de corrida, das lavadeiras bocejando com um ferro na mão, dos retratos levados em suas análises aos maiores extremos, esse naturalista por excelência, que foi o primeiro a explorar as descobertas da fotografia instantânea, estudava com seu olho preciso e cruel a vida de Paris em seus aspectos mais inexplorados pela arte e combatia ao mesmo tempo os impressionistas amigos seus. Ele atacava o seu desprezo pelos princípios e pelas regras abstratas, composição, superfície etc., que regiam a pintura clássica. Ele se esforçou durante toda a vida para unir esse sentido abstrato de harmonia, de construção, à sensação imediata da realidade, para ligar as explorações impressionistas à tradição clássica de um Poussin.

Também era ele quem compunha puros sonetos mallarmeanos, admirados por Valéry. O herói de *Em Busca do Tempo Perdido* cita justamente Degas como a mais alta autoridade no que se refere à arte de seu tempo.

Esse fim do século XIX, do qual decorre a visão proustiana, é um momento supremo da arte. A França produz então incontáveis artistas de gênio que, superando todas as contradições profundas que cindiam o período, chegam a uma arte de síntese. Aqui, os elementos abstratos se unem a uma sensibilidade imediata e precisa do mundo real. Esta síntese é o desfecho de uma enorme experiência pessoal de analista, e não de uma noção constante acerca de elementos preconcebidos ou de segunda mão. Mas o movimento antinaturalista, representado pelos simbolistas na literatura, por Gauguin na pintura («essa sagrada natureza») destrói com o tempo esse curto momento de plenitude e desemboca em 1907 no cubismo, ou seja, numa arte oposta a todo estudo da realidade. É o período do pré-guerra, em que o cubismo entra em choque com as influências futuristas vindas da Itália, com seus manifestos que exigem a destruição de todos os museus, santuários de Proust. Mas a clausura deste, a essa altura, já é cada vez mais absoluta, graças a suas desventuras pessoais, seu imenso labor, sua doença. Possuído por sua obra, ele persevera nela, com total independência com relação às correntes artísticas de então. Nos anos do pós-guerra, o cubismo, o futurismo e seus derivados se ampliaram vitoriosamente e alargaram suas esferas de radiação. Servindo-se de uma propaganda hábil e ruidosa, eles afirmam que qualquer outra arte estava definitivamente ultrapassada. Os livros de Proust parecem assim, à primeira vista, livros de um outro mundo, de uma arte oficial, arqui-burguesa, de um esnobismo fora de moda. Para toda essa juventude ávida, entusiasta e revolucionária por princípio, desconhecedora da história das letras francesas, do próprio solo da França, do enorme tesouro da tradição literária de que a obra de Proust é fruto, para todos esses «bárbaros» do pós-guerra, que afluíam a Paris dos quatro cantos do mundo, Proust era desnorteante num primeiro momento, estranho e absolutamente inaceitável.

Toda grande obra é profundamente ligada de uma maneira ou de outra à própria matéria da vida do autor. Mas essa ligação é ainda mais evidente e talvez mais completa na obra de Proust. Já que o próprio tema de *Em Busca do Tempo Perdido* é a vida de Proust, transposta, pois o herói principal escreve «eu», e uma vez que muitas páginas nos dão o sentimento de confissão mal disfarçada. Junto do herói principal de seu livro, vemos a avó, cuidando e adorando o único neto, lembrando em infinitos traços a mãe de Proust; vemos o barão de Charlus, que tem por protótipo o barão de Montesquiou, um dos aristocratas mais notórios (por seu fausto e sua originalidade) da alta sociedade de então. A crônica mundana dos anos 1900 não é reproduzida, mas toda a obra representa esse mundo, recriado e transposto. O herói é doente como Proust, mora no mesmo lugar que Proust, e sofre, como o jovem Proust, de sua impotência criadora, o herói tem a mesma maneira de reagir e a mesma hipersensibilidade do autor, e, como em Proust, a infelicidade da perda da avó (da mãe, para Proust) e a aflição de um sentimento infeliz produzem o mesmo efeito, o sentimento de irrealidade, de desfrute da vida e da compreensão definitiva de que só a verdadeira vida e a verdadeira realidade existem para ele na criação.

Seus amigos o redescobrem como homem maduro, escritor realizado, dentre os quais os mais perspicazes já pressentem a grandiosidade e a genialidade. (Os mais belos estudos sobre Proust: *Hommage à Proust*, publicado em 1924-1926, edição Nouvelle Revue Française, com artigos de Mauriac, Cocteau, Gide, Fernandez, Lenormand, etc,[5] a mais vivaz e pungente das descrições de Proust que conheço é de L.-P. Fargue, e outros de que não me recordo).

Proust, ainda muito jovem, começa a frequentar os salões mais elegantes e em voga de Paris. Madame Straus, da família Halévy, mulher das mais espirituais da grande burguesia francesa, chama-o de «meu pequeno pajem». Proust, rapaz de dezoito anos, de belos olhos negros, senta-se num pufe perto dela em suas recepções semanais. Proust se torna um conviva assíduo das recepções

5   *Hommage à Marcel Proust*, Paris, Gallimard, 1927. *Les Cahiers Marcel Proust*, volume 1. [A editora Les Editions de la Nouvelle Revue Française passou a chamar-se Librairie Gallimard em 1919 (renomeada Editions Gallimard em 1961). Esse volume foi o primeiro de uma série que ainda é publicada regularmente sobre Proust e sua obra. A Gallimard edita a obra de Proust desde o seu segundo volume, *À Sombra das Raparigas em Flor*, 1919, ganhador do Prêmio Goncourt.] [N. T.]

de Madame Caillavet e de Anatole France, onde se encontrava todo o mundo político e literário da época. Ele chega a se ligar intimamente aos meios mais fechados do *faubourg* Saint-Germain.

Proust descobre aos vinte e poucos anos que sua doença, que se desenvolvia desde a infância, parece incurável. Proust se resigna e organiza sua vida aceitando essa doença como um mal necessário. Só depois de sua morte muitos amigos compreenderam a que ponto Proust estava doente, até que ponto desconcertante eram a sua vivacidade, a juventude de suas saídas nos momentos em que a doença lhe dava alguns dias ou semanas de trégua.

Com a idade, Proust torna-se incapaz de suportar qualquer odor, qualquer perfume. «Saia já e jogue seu lenço porta afora», dizia ele aos amigos que vinham à sua casa, por descuido, com um lenço perfumado no bolso. Autor de admiráveis descrições de macieiras floridas, num dia de primavera ele quer rever um pomar. Resolve fazer uma viagem, deixando Paris no interior de um carro fechado, e só pelos vidros baixados das janelas do carro ele ousa admirar suas caras macieiras em flor. A partir do momento em que Proust se enterra em sua obra, o menor ruído também lhe é insuportável. Os últimos longos anos de trabalho ele passa dentro de um quarto todo revestido de cortiça, estendido sobre uma cama disposta ao longo de um piano. O piano fica coberto por uma montanha de livros. Sua mesa de cabeceira transborda de remédios e páginas avulsas cobertas com sua letra nervosa. Ele escreve na posição mais incômoda, deitado, apoiado sobre o cotovelo direito, e chega a dizer em suas cartas que «escrever para ele é um martírio».

Eu já lhes falei do imenso papel que teve na vida de Proust, sempre doente, sua mãe. Ela o adorava, cuidava dele, sem quase nunca deixá-lo. Proust, com sua natureza feminina, respirava, até a morte da mãe, essa atmosfera de ternura única e inteligente. Frequentemente inflamado por suas paixões sentimentais, intelectuais e artísticas, ele esquecia talvez a que ponto ela lhe era indispensável. Ela acreditava, contra tudo e contra todos, em seu talento, enquanto seus amigos de juventude o tratavam como um esnobe, um fracassado, enquanto seu pai, homem ativo e realista, via na maneira de viver de seu filho tão somente uma irritante inatividade e incapacidade de forjar, para si, uma carreira. É na relação do herói de seu livro com a avó que Proust transpõe todas as tonalidades de seu amor por ela, de seu egoísmo de jovem, de sua incapacidade frequente de compreender ainda naquele momento até que ponto o amor de sua mãe por ele (e da avó, no romance) era absoluto, desapegado de si e sublime. A fria precisão com a qual, bem depois da morte da mãe, ele desmascara, com pequenos traçados imperceptíveis, a crueldade da juventude, sua própria crueldade, são nova prova de a que

ponto o escritor, analista de si mesmo, estava isento de
amor próprio, de todo desejo a não ser o de se embelezar,
ao menos de se retocar um pouco. Um exemplo: o jovem
herói, rapaz de quinze ou dezesseis anos, passa as tardes
no jardim dos Champs-Elysées, onde encontra uma jovem,
Gilberte (filha de Odette, ex-amante, depois de Jeanne, de
Swann). O jantar em que, devorado de impaciência, ele
fica «uma pilha de nervos» querendo correr até os Champs-
s-Élysées, pode ser comparado em intensidade ao sofrimento do menino que esperava a «chegada da mãe para
o boa noite» na velha casa de campo, muitos anos antes.
Certa vez muito atrasada, a avó, então já doente, não re-
torna do passeio que fazia todos os dias de carro antes
do jantar. O herói constata em si o seu primeiro reflexo:
«vovó teve talvez nova crise do coração, ela pode estar
morta e por isso posso me atrasar para meu encontro nos
Champs-Élysées». E ele acrescenta com o mesmo objeti-
vismo distante e supostamente indiferente: «Quando se
ama alguém, não se ama ninguém».[6] Muitíssimos indícios

6   «Pois para mim, que só pensava em nunca mais ficar um dia
      sem ver Gilberte (a tal ponto que uma vez, não tendo minha
      avó regressado à hora do jantar, não pude evitar logo dizer
      comigo que se ela tivesse sido esmagada por um carro, eu
      passaria algum tempo sem ir aos Champs-Elysées; não se
      ama a ninguém mais quando se ama), no entanto, aqueles
      momentos em que estava junto dela e que desde a véspera

desse gênero aprofundam as claridades e as sombras da afeição filial e do amor materno, que trazem a marca de estados vividos e intimamente pessoais. A mãe de Proust morre em 1904-1905. É a primeira grande desgraça, o primeiro dilaceramento vivido por Proust. Toda a sua vida mundana, nervosa, mal sucedida, caótica, sua vida que lhe tornava o trabalho impossível, que agravava seu estado doentio e que por isso mesmo fazia tanto, embora silenciosamente, sofrer sua mãe, quebra-se. Proust, abatido pela dor, desaparece durante longo tempo de seus amigos da alta sociedade. É então que o sonho de sua mãe, de vê-lo escritor, começa a assombrá-lo de maneira concreta e decisiva. Tendo até então apenas alguns artigos mundanos, algumas páginas escritas dentro de uma verdadeira visão, já de quando bem jovem (*La Route des Peupliers vue de Voiture*[7] e *Les Plaisirs et les Jours*,[8] desconhecidos de todos à época), sentindo-se ainda incapaz de começar sua grande obra, cuja existência ele já pressentia dentro de si, Proust se lança numa empreitada que o liga ao trabalho literário,

---

esperara com tanta impaciência, pelos quais havia estremecido, aos quais teria sacrificado tudo o mais, não eram de forma alguma felizes» (*No Caminho de Swann* [tradução de Fernando Py; todas as traduções referenciadas da obra de Proust são desse tradutor] [N. T.]), 1913.

7   *Impressions de route em automobile*, texto de 1907.

8   Coletânea de poemas em prosa publicada em 1896.

que forma nele a capacidade de trabalhar não somente sob o domínio de um entusiasmo passageiro, mas diariamente e com revezes. Ele passa a traduzir a obra completa de Ruskin.[9] Ruskin tinha uma imensa influência estética sobre a geração de Proust. A descoberta da arte primitiva italiana, o culto de Veneza, a adoração por Boticelli nos anos 1890-1900, tudo isso provinha das obras de Ruskin. Proust edita o seu Ruskin com uma enorme introdução escrita por ele. É a entrada de Proust na segunda etapa de sua vida, com a mesma paixão, com a mesma falta de comedimento com as quais ele se lançava na vida mundana e sentimental. Proust penetra seu trabalho literário. Ele se enterra a partir dessa fase, até sua morte e cada vez mais, em seu quarto de cortiça. Ele será visto, até seus últimos dias, nos salões ou no Ritz, mas não passam de saídas repentinas, em que Proust ainda burila, controla ou «herboriza», para a sua nova e imensa Comédia Humana.

A lenta e dolorosa transformação do homem passional e estreitamente egoísta em homem que se entrega

9 Na verdade, a «era das traduções» proustiana vai de 1900 a 1906, e conta com o apoio e a ajuda da mãe, pois Proust conhecia mal a língua inglesa. Proust se dedicou a apenas dois títulos de Ruskin: *La Bible d'Amiens* (1904) e *Sésame et les lys* (1906), embora possa ter lido, segundo ele mesmo afirmou, a obra completa do esteta britânico, de 39 volumes pela edição de Cook & Wedderburn. [N. T.]

absolutamente a uma ou outra obra que o devora, que o destrói, que vive de seu sangue, é um processo que se coloca diante de todo criador. «Se o grão não morre»... Se falamos do artista criador, essa transformação se realiza de uma maneira diferente, mais ou menos consciente, mas quase geral. Goethe dizia que, na vida do homem criador, a biografia deve e pode contar até os trinta anos de idade, depois não é mais a vida, mas o resultado da luta com a matéria de sua obra que deve se tornar central e cada vez mais unicamente interessante.[10] Mas raramente a ruptura entre essas duas vidas do homem foi tão fortemente delimitada. Conrad abandonando o barco aos 36 anos, abandonando definitivamente o mar para empreender o imenso trabalho de sua obra literária parece-me

10 Cito de memória, falseando, talvez, todo o texto. Rozanov respondia, atacado pelos críticos devido a citações imprecisas ou falseadas, com uma piada: «Não há nada de mais fácil do que citar com precisão, basta verificar nos livros. Mas é infinitamente mais difícil assimilar uma citação a tal ponto que ela se torne sua e se transforme em você». Se falseio as citações, é por total impossibilidade de verificá-las, não possuindo nem a desenvoltura de Rozanov nem seus direitos de escritor genial. [N. A.] [Vassili Rozanov, 1856-1919, pensador russo, autor de ensaios filosóficos, religiosos, artísticos e da atualidade, que apaixonaram a intelligentsia russa do período pré-revolucionário].

representar certas analogias. Corot, ao contrário, dá-nos a impressão do tipo de artista sem drama ou combate. Para esse filho de comerciante de tecidos de província, com uma biografia absolutamente apagada e regular, a única amante sempre foi a arte. Não se esqueçam de que forçosamente simplifico bastante o problema que me desviaria muito do ponto. Ainda assim, acredito não trair Corot ao afirmar que a extrema harmonia e doçura de sua obra, sua qualidade de pedra preciosa e seu equilíbrio, graças aos quais ele escapa sempre a todos os extremos da atualidade, graças aos quais ele escapa ao tempo, parecem-me estar profundamente ligados a essa atitude em relação à vida.

Como parecem ridículas as observações dos conhecidos de Proust ou de seus leitores superficiais, sobre o esnobismo de Proust! Que significa essa palavra em se tratando de um escritor dessa magnitude, que observa os meios mundanos com tantas lucidez e distância?

Proust vive cada vez mais durante a noite. Seu mal se agrava a cada ano. Entre muitos outros sintomas estranhos de sua doença, ele sente o corpo todo gelado. Suas camisas são forradas por dentro. Todas as suas camisas têm manchas escuras de queimado, porque ele as aquece diretamente com ferro em brasa antes de se vestir. Nos salões mais fechados, onde até há poucos anos ele era um *habitué*, ele é visto de vez em quando, mas sempre na hora em que todos já começaram a se dispersar e então, mais brilhante que nunca, concentra toda a atenção sobre si e deixa todos extáticos com sua verve até o amanhecer. Ele também é visto em horas improváveis no Hotel Ritz, centro de luxo do mundo esbanjador e farrista de Paris. Não sai além dessas raras escapulidas; ele perde cada vez mais a noção do tempo. A guerra eclode. A mobilização de Proust, gravemente doente, está naturalmente fora de questão. Mas Proust, planta de estufa rica e acostumada a um regime tão livre e tão pouco burocrático como era o regime francês antes de 1914, não tinha qualquer noção das formalidades às quais devia se submeter o cidadão durante a guerra, e ele tinha pavor de cometer algum engano que pudesse comprometê-lo diante das autoridades militares. Proust recebe de repente convocação para se apresentar ao conselho de revisão. Ele se atrapalha com os horários, não dorme durante toda a noite, entupido de remédios, e se apresenta ao gabinete às duas da madrugada. E sai de lá extremamente surpreso de ter encontrado o gabinete fechado. Depois da guerra, ou seja, nos últimos anos de sua vida, a duquesa de Clermont-Tonnerre aluga um camarote no Opéra para uma concorridíssima apresentação beneficente, para que Proust ainda pudesse rever as pessoas de cuja seiva ele extraía a seiva de sua obra. Proust chega atrasado, senta-se no canto do camarote, de costas para o palco, e não para de falar. No dia seguinte, a duquesa lhe faz uma observação: não tinha valido a pena alugar o camarote para convidá-lo, já que ele sequer havia prestado atenção. Proust, com um sorriso, conta-lhe então com extrema exatidão tudo o que acontecera no palco e na sala do teatro com um mundo de detalhes que não tinham sido notados por ninguém, e acrescenta: «Não se preocupe, quando se trata de minha obra, *tenho a previdência de uma abelha*». É somente em seu trabalho literário que a sensibilidade de Proust chega a se realizar completamente. Proust tinha uma maneira de reagir aos eventos tardia e complicada. Ao visitar o Louvre, por exemplo, Proust via tudo mas não reagia a nada. De noite, deitado na cama, tinha ataques de verdadeira febre provocada pelo entusiasmo. Todos os sofrimentos da vida sentimental de Proust, todos os pequenos e cruéis tormentos provocados por sua sensibilidade, reagindo infinitamente mais forte mas diferentemente, e em horas diferentes de seus amigos, serviram-lhe, mais que tudo, para recriar na solidão o mundo de suas impressões vividas, para as refundir e transpor na *Busca*.

Desde a mais tenra infância, Proust sabia de sua vocação e via seu dever não na descarga imediata do entusiasmo no momento exato em que era tocado por alguma impressão, mas no esforço de aprofundar, precisar, chegar à fonte de sua impressão, de torná-la consciente. Ele mesmo conta que, ainda menino, maravilhado diante de um reflexo de um raio de sol num lago, batia no chão com a ponta do guarda-chuva e gritava: droga! droga! droga!

Já nesse momento, Proust achava que faltava a seu dever principal não exteriorizar imediatamente, mas aprofundar sua impressão. Em *O Tempo Recuperado*, Proust debocha dos entusiastas que são incapazes de não fazer mil gestos ao ouvir uma música que os encanta e de exprimir de maneira acalorada a sua admiração. Ah, minha nossa, macacos me mordam, nunca ouvi nada tão lindo! Encontramos na obra de Proust alguns indícios disso, algumas páginas visionárias que se tornaram clássicas e nos dão a chave do processo criador. É a *madeleine* no primeiro volume de *No Caminho de Swann* e o pavimento desigual no penúltimo volume de *O Tempo Recuperado*. O herói doente pega uma xícara de chá e molha nesta xícara pequenos pedaços de *madeleine*. O odor do brioche molhado no chá lembra-lhe de sua infância, quando comia essas *madeleines* da mesma maneira. Não se trata de uma lembrança *desejada* e cronológica de sua infância, mas de uma evocação involuntária (Proust insiste muitas vezes que só a memória involuntária conta na arte) que emerge dessa xícara de chá com a *madeleine* odorosa. Como os papelotes japoneses (metáfora de Proust) que, jogados num vaso com água, incham, aumentam, e por fim adquirem a forma de flores, casas ou rostos, a lembrança evocada pelo aroma da *madeleine* se afina, aprofunda e assume, aos poucos, a forma da casa natal, da velha igreja gótica, da cidadezinha da infância, dos rostos das tias velhas, da cozinha de Françoise, de Swann, *habitué* da casa, e dos rostos mais adorados dentre todos, da mãe e da avó.[11] Essa impressão minúscula, em seu início, anuncia a obra como um todo.

Outro ponto de sua obra nos dá a chave não somente do processo criativo de Proust mas de sua própria biografia, e nos parece uma confissão mal disfarçada de uma revelação precisa de sua vocação, vivida pelo próprio autor e contada como revelação do herói. Cansado diante dos esforços estéreis para se tornar escritor, depois de anos de angústias, de sacrifícios perpétuos e ainda assim incompletos, de alegrias, de amizades, de relações fáceis, o herói (ou o próprio Proust) decide se resignar. Ele não

---

11 «E como nesse jogo em que os japoneses se divertem mergulhando numa bacia de porcelana cheia de água pequeninos pedaços de papel até então indistintos que, mal são mergulhados, se estiram, se contorcem, se colorem, se diferenciam, tornando-se flores, casas, pessoas consistentes e reconhecíveis, assim agora todas as flores do nosso jardim e as do parque do Sr. Swann, e as ninfeias do Vivonne, e a boa gente da aldeia e suas pequenas residências, e a igreja, e toda Combray e suas redondezas, tudo isso que toma forma e solidez, saiu, cidade e jardins, de minha xícara de chá.» (*No Caminho de Swann*)

é escritor. Desprovido de talento, foi tudo um engodo, já não é mais jovem e é chegada a hora de reconhecer isso. Conclusão: se sua vocação de escritor não passou de um sonho, é preciso se conformar e se entregar, ao menos nesse resto de vida, aos amigos, às relações humanas mundanas e agradáveis, enfim, sem escrúpulos e sem remorso. Num estado mental completamente novo, resignado e relaxado, Proust se encaminha para a residência dos Guermantes, a uma recepção brilhante que ocorre depois de já terminada a guerra. No momento em que Proust entra pelo pórtico do pátio e tem que desviar de um veículo que passa, os pés de Proust se apoiam sobre dois pavimentos desiguais e nesse momento mais inesperado o autor se lembra que muitos anos antes ele tivera o mesmo sentimento de se apoiar sobre dois pavimentos identicamente desiguais em Veneza, na Praça São Marco, e de repente ele tem uma visão precisa e fulminante de Veneza e de tudo o que lá viveu. Teve certeza, de repente, de sua obra existir dentro de si, com todos os seus detalhes, aguardando tão somente sua realização. Abismado com essa revelação, vinda então de onde ele menos esperava, Proust entra no primeiro salão dos Guermantes, que ele revê pela primeira vez depois da longa trégua da guerra, recebido pelo serviçal que ele conhecia havia anos, com um respeito totalmente inesperado que lhe revela bruscamente que ele deixou de ser um homem jovem. Ele aguarda no pequeno salão o intervalo do concerto que está acontecendo no salão principal. Servem-lhe uma xícara de chá com um guardanapo excessivamente engomado. O contato com esse guardanapo o faz ter outra lembrança não menos clara e precisa de um outro guardanapo que causara uma sensação (choque, comoção) idêntica, muitos anos antes no Grande Hotel de Balbec, à beira do mar, uma revelação não menos precisa e fulminante do que a de Veneza. O herói, que viera ao palácio dos Guermantes convencido de ter de uma vez por todas rompido com suas ambições literárias, passa as horas dessa visita num estado de febre lúcida, de certeza da vocação, que revoluciona toda a sua vida. Ele observa nessa assembleia os numerosos amigos de sua vida passada já deformados pela idade, envelhecidos, inchados ou ressecados, e vê em meio a eles uma juventude ascendente, a nova geração, na qual ele identifica pasmo uma semelhança pungente com as esperanças idênticas de seus amigos velhos ou mortos, mas observa isso tudo com olhos novos, claros, distantes e desapegados, enfim ele sabe por que viveu. É ele, e somente ele, nessa multidão, que os fará voltar a viver, ele o sabe com tamanha força de certeza que *a morte se lhe torna indiferente*. Ao voltar para casa, ao retornar a uma nova vida de enorme labor, de realização, de repente lhe vem à mente que ele pode ser atropelado pelo primeiro bonde que passar e isso lhe parece uma monstruosidade impossível.

Já sabemos que a maior parte do último volume de Proust, publicado depois de sua morte e sem ter sido revisto pelo autor, havia sido escrita antes de todas as demais, o que ainda nos dá prova de que o cume de sua obra, sua conclusão, era a um só tempo uma confissão pessoal e um início.

Constato que ao falar de Proust encho minha conferência de detalhes relativos à sua obra e à sua vida pessoal, mas não consigo exprimir, ainda menos elucidar em mim mesmo, no que consiste a novidade, a descoberta, a essência de sua obra. Não tendo nenhum livro, e, além do mais, não tendo nenhuma educação filosófica, só tenho condição de arranhar a superfície desse problema essencial. É impossível falar profundamente de Proust desconectando-o das correntes filosóficas que lhe eram contemporâneas, calando a filosofia de Bergson, seu contemporâneo, que tivera grande papel no seu desenvolvimento intelectual. Proust frequentava os cursos de Bergson, que gozavam, entre os anos 1890-1900, de enorme voga e, até onde me lembro, Proust conhecia Bergson pessoalmente. O próprio título da obra de Proust nos indica que ele estava obcecado pelo problema do tempo. Era o tempo estudado por Bergson, do ponto de vista filosófico. Li muitos estudos concernentes ao problema do tempo na obra de Proust. Para falar francamente, só me lembro da insistente afirmação do quanto nesse tema justamente a obra de Proust era capital. E a tese principal da filosofia de Bergson precisa ser lembrada aqui. Bergson afirmava que a vida é contínua e que nossa percepção é descontínua. Consequentemente, nossa inteligência só pode formar uma ideia da vida que lhe seja adequada. Não é a inteligência mas a intuição que é mais adequada à vida (a intuição dos homens corresponde ao instinto dos animais). Proust tenta vencer a descontinuidade da percepção pela memória involuntária, pela intuição de criar uma forma nova e uma visão nova que nos dá a impressão da descontinuidade da vida. Hoje, chamamos todos os romances imensos, mais ou menos influenciados pela forma de Proust, de *roman-fleuve* («romance-rio»). Mas nenhum deles corresponde a essa denominação tanto quanto *Em Busca do Tempo Perdido*. Tentarei explicar por comparação. Não se trata do que o rio carrega consigo: troncos de árvores, cadáveres, pérolas, que representam um lado específico do rio, mas a própria corrente, contínua e incessante. O leitor de Proust, ao entrar em águas aparentemente monótonas, fica surpreso não com os fatos, mas com essa ou aquela pessoa, pela onda não impedida em seu movimento de vida. O projeto primitivo de Proust para a obra não pode ser realizado em sua forma externa, segundo o seu desejo. Proust queria publicar essa imensa «totalidade» num só volume, sem alíneas, sem margens, sem partes ou capítulos. O projeto pareceu absolutamente ridículo aos editores mais cultivados de Paris, e Proust foi forçado a dividir sua obra em quinze ou dezesseis volumes, com títulos que englobassem dois ou três volumes. Mas Proust conseguiu dobrar um pouco os editores e fazer algo que, do ponto de vista da forma do livro moderno, era novo. Nenhuma parte constitui uma unidade em si, destacada das demais. Os cortes em partes parecem voluntariamente negligenciados e dependem mais da qualidade das páginas do que do desenvolvimento de algum tema.

Acrescente-se a isso que a superposição dos temas é tão absoluta que parece impossível fazer um corte que represente algo além de mera necessidade material. Os volumes são impressos com uma letra extremamente es-premida e pequena, com margens estreitas, e sem ne-nhuma alínea. Em todos os quinze volumes editados, mal temos capítulos dispostos, sem qualquer harmonia lógica com a divisão dos volumes. Nessa estranha forma de edi-ção, Proust consegue acentuar o lado contínuo e inaca-bado do rio de sua obra. A própria frase revoluciona o estilo moderno breve e apressado. A frase é imensamente longa, de até uma página e meia, impressa dessa maneira com-pacta e sem alíneas. Uma monstruosidade para os admi-radores do «estilo francês» que, segundo o clichê bem conhecido, precisa ser curto e claro. A frase de Proust, ao contrário, é rebuscada, cheia de parênteses mentais, de parênteses dentro de parênteses, de associações muito distantes no tempo, de metáforas que levam a novos parênteses e novas associações. Proust é atacado: o estilo não é francês, o estilo é germânico. O grande crítico alemão Curtius, admirador de Proust, também insiste sobre os elementos germânicos da frase proustiana. É preciso ver Proust reagir a essa tese. É preciso ver, então, a sua enorme cultura literária. Proust afirma que o parentesco de sua frase com a frase alemã não é nem acaso nem inabilidade, mas porque a frase alemã de hoje lembra mais a frase latina. Não é à língua alemã mas à língua francesa do século XVI, ainda bem intimamente ligada ao latim, que o seu estilo está conectado. Acrescentemos, de nossa parte, que a célebre clareza e brevidade do estilo francês não data de muito. Ela provém do século XVIII enciclopedista e racionalista, em que a língua francesa era uma língua mais forjada na conversação do que na literatura. A língua alemã foi desenvolvida em muitos centros e essencialmente por escrito. A língua francesa, ao contrário, foi afinada num só lugar, em Paris, que como Goethe já notara centralizava todas as inteligências e criava graças a isso uma temperatura intelectual única. Boy-Zelenski, tradutor polonês de Proust, levou ainda mais longe a distância entre o plano primordial de Proust e a sua realização polonesa. Tive, por isso, uma discussão com Boy em que ele defendia a sua atitude insistindo em dizer que ao fazê-lo não agia contra mas a favor de Proust, ao tornar claro, voluntariamente, o texto proustiano. Proust queria ser amplamente popular. É errado fazer dele um escritor erudito, é preciso editá-lo de maneira a torná-lo o mais legível possível. Proust chegou até a consentir em mudar o seu primeiro projeto (volume único) na França. Em se tratando da Polônia, a enorme frase de Proust é inaceitável. Sem ter os mesmos recursos, a língua polonesa exigiria inserir «*który, która*» («que», em polonês) infinitas vezes. Mas Boy, em sua tradução, foi ainda mais longe. Ele publicou esses volumes com uma única letra bem mais legível, com alíneas, com diálogos não incluídos no corpo dos parágrafos mas com destaques, de linha a linha. O número dos volumes em sua tradução é o dobro.«Sacrifiquei o precioso ao essencial», afirmava Boy. O resultado imediato foi que Proust era lido com tanta facilidade desde sua publicação em polonês que se gostava de contar uma piada em Varsóvia, que seria preciso retraduzir Proust para o francês a partir da tradução polonesa, e que só então ele se tornaria enfim um autor popular na França. É preciso, ao se falar no estilo de Proust, insistir na sua qualidade preciosa. As páginas brilham e reluzem com riquezas metafóricas, associações estranhas e preciosas, mas essas riquezas não se tornam jamais um objetivo em si mesmas. Elas apenas aprofundam, tornam mais palpáveis e mais frescas as ideias-mestras de suas frases. Não nos esqueçamos de que o início de Proust coincide com a capela de Mallarmé, que Proust o admirava e saboreava todas as suas finezas, todas as descobertas da língua francesa de sua época, desde Baudelaire e dos Parnasianos até o simbolismo em poesia, desde os Goncourt, de Villiers de L'Isle-Adam até Anatole France, na prosa. Admirador da literatura moderna, Proust conhecia igualmente bem toda a literatura francesa. Ele possuía uma educação literária imensa, uma memória consternadora. Seus amigos contavam que ele repetia de cor páginas inteiras de Balzac. Não somente de Balzac, que parece ser seu predecessor mais imediato e ao qual ele deve mais, mas também páginas do duque de Saint-Simon, que ele admirava e conhecia a fundo, e de muitos outros. Proust deixou alguns pastiches. Lembro-me de um pastiche de Balzac. Nesse pastiche surpreendente pela pertinência e humor, ele realça o lado pomposo e superlativo de Balzac, pois este descrevia as duquesas e as condessas, nobres, puras como anjos e belas como deusas ou espertas como Satã em pessoa. Tenho uma vaga lembrança de que era Proust quem afirmava que a melhor maneira de se libertar da influência por demais pesada de um escritor amado acima de todos os demais era fazendo um pastiche com o seu estilo. Era impressionante a que ponto Proust dava valor a cada palavra e com que obstinação esse homem sempre doente e tido como superficial trabalhava o seu estilo. Alguns pequenos exemplos: de noite, numa Paris completamente mergulhada nas trevas, o crítico Ramón Fernandez é acordado por uma visita inesperada de Proust. «Desculpe, vim apenas lhe pedir um pequeno favor. Repita para mim em italiano essas duas palavras: *senza vigore*». Ele repetiu as duas palavras, pois conhecia bem o italiano, e Proust foi embora como veio. Com que emoção, contou Fernandez, li, depois de sua morte, num de seus volumes, uma conversa de Albertina sobre o automobilismo, em que ela emprega rapidamente essas duas palavras. Proust, ao escrever essa página, precisava não somente saber o sentido dessas duas palavras estrangeiras, mas *ouvi-las ditas* por alguém que conhecesse bem o italiano. Encontrei na publicação de suas cartas uma curta missiva dos últimos tempos de sua vida a um dos críticos parisienses (acho que Boulanger), que ele não conhecia à época e que queria encontrar devido a um artigo enaltecedor que este havia escrito sobre Proust. Em *post-scriptum*, Proust acrescenta: «Perdoe-me esses dois 'que', mas estou extremamente apressado». Vejo alguns de meus ouvintes sorrirem. Mas é assim mesmo, nessa honestidade encarniçada, nesse culto da bela forma nos mínimos detalhes, que nos são dados escritores do vulto de um Flaubert ou de um Proust. E foi a falta de consciência da gravidade desse esforço levado ao extremo que destruiu em nós muitos grandes talentos. Ainda um lugar-comum sobre a obra de Proust que, aliás, eu mesmo repito frequentemente. Proust é o naturalismo ao microscópio. Quanto mais penso nisso, mais essa característica me parece falsa. Não é o microscópio que nos revela o segredo de Proust, mas um outro traço de seu talento. Vou tentar torná-lo inteligível por outra comparação. Em *No Caminho de Swann*, Proust conta que sua avó lhe dava presentes que representavam sempre alguma lembrança de obras de arte passadas através de algum filtro artístico. O jovem herói do livro sonhava com Veneza, que ele deveria ter conhecido com os pais, mas que teve que sacrificar por causa de uma doença. Não é uma fotografia da Igreja de São Marco nem de uma outra obra-prima veneziana que lhe dá sua avó, mas um quadro que representa essa obra-prima. Inclusive, não se trata de uma simples fotografia desse quadro, mas de uma gravura feita por um outro artista eminente. O fato em Proust nunca é um fato cru. Desde o início, ele é infinitamente enriquecido e transposto em seu cérebro, na visão do artista separado do mundo pela doença, pelas suas paredes de cortiça, por seu cérebro completamente cultivado na literatura, em associações artísticas e científicas. Mas o que na obra de Proust mais contradiz o «microscópio» (histologia) é o fato de que as associações de Proust são de uma imensa divergência, que ele as busca em todos os tempos, em todas as artes, e que as páginas de Proust se tornam sobretudo uma história de *seus pensamentos, despertados pelo choque de um fato, mais do que pelos próprios fatos*. Acabei de reler o início de *Guerra e Paz*. Temos, em

22 páginas, a descrição de uma recepção na casa de Anna Pavlovna Scherer, dama da corte da imperatriz-mãe. Tolstói consegue nos descrever de maneira magistral o ambiente, as intrigas ocultas sob os elogios, ficamos conhecendo de maneira definitiva e palpável todo esse mundo aristocrático convidado por Anna Pavlovna. O primeiro capítulo, de menos de duas páginas, obra--prima de refinamento, nos mostra uma conversa do príncipe Basílio com a anfitriã. As alfinetadas recíprocas e as frases nos mostram a própria cor da maneira de se expressar desses meios sociais da época. No fundo, nos volumes de *O caminho de Guermantes* e *Sodoma e Gomorra*, temos temas idênticos, a não ser pelo fato de que um único lanche na casa de uma duquesa pode preencher todo um volume, que uma descrição de uma conversação no gênero daquela de Anna Pavlovna em *Guerra e Paz* teria dado a Proust pretexto para dezenas, talvez centenas de páginas cheias. Mas não seria exclusivamente uma análise microscópica de cada ruga, de cada gesto, de cada perfume, seria também um imenso emaranhado de associações que levariam a outras associações, das mais inesperadas, que nos abririam a cada vez novas perspectivas para novas metáforas. Seria absurdo falar em «formalismo», falar em forma pura a propósito de Proust. Primeiramente, o formalismo puro não existe na grande literatura. Uma forma nova, não artificial, mas vivaz, não pode existir sem um

conteúdo novo. Sentimos em sua obra uma busca incessante, um prazer apaixonado de tornar claro e legível, de tornar consciente, todo um mundo de impressões e de encadeamentos, dos mais difíceis de se obter. A forma do romance, a construção da frase, todas as metáforas e as associações são uma necessidade interna, que refletem a própria essência da visão. Não é o fato cru, repito, é o desejo de tornar conscientes as engrenagens secretas, as menos definidas, do ser.

Já lhes disse que os dois primeiros volumes de *Em Busca do Tempo Perdido, No Caminho de Swann*, são os únicos publicados antes da guerra. São os únicos volumes que não foram tocados pela evolução e pelas mudanças de composição produzidas nos anos de labor de Proust, que coincidem com os da guerra. Também são a parte de sua obra revista com maior exatidão. Esses dois volumes já contêm, em si, as primeiras variações de todos os padrões que representam a trama dos volumes seguintes. Os volumes seguintes, com toda a nova matéria trazida pela guerra, as novas impressões, os novos pensamentos, o enorme alargamento e os remanejamentos essenciais, são somente o desenvolvimento e o ápice da obra que *No Caminho de Swann* deslancha. Passemos em revista os temas essenciais: a França provinciana, com a vida reclusa das velhas tias que vivem de renda, com a velha igreja gótica, com as descrições de paisagens que permanecerão como páginas clássicas da literatura mundial, com a velha empregada Françoise, que encontramos em todos os volumes e que representa o elemento popular e camponês da galeria de tipos de *Em Busca do Tempo Perdido*. Eis o primeiro tema. Em seguida, temos a infância, os dramas da infância, o amor filial e o amor materno, são as relações do herói com a mãe e a avó que se tornam temas principais. As idas do jovem à igreja todos os domingos, as vidraças com os cavaleiros de Guermantes dos tempos das cruzadas, e a contemplação da duquesa de Guermantes em carne e osso que ele sempre encontra na igreja, emulam o seu interesse apaixonado pelo *faubourg* Saint-Germain, que ele estudará e analisará ao longo de todos os seus livros. Já desde o primeiro volume, também entramos em contato com Swann, e o segundo volume, quase inteiro, é preenchido pela história do amor de Swann por Odette, jovem de reputação duvidosa. Essa Odette, que representa o tipo de mulher que vive exclusivamente para ser amada pelos homens, que desencadeia em Swann o maior amor e o maior sofrimento devido a loucos ciúmes (um dos temas que Proust estuda com insistência, ao qual dedica centenas de páginas no segundo volume de *Swann* e em *Albertina*[12] e *Albertina Desaparecida*). É graças a Swann que entramos nos meios da rica burguesia parisiense, no salão

12 *A Prisioneira*, 1923.

de Madame Verdurin, burguesia riquíssima, arrivista e esnobe. A infância do herói, choques e feridas que decidem e dão direcionamento à sua vida, à sua personalidade moral e física, são os temas centrais do volume. Eu gostaria, ao falar nisso, de abordar mesmo que de passagem um episódio decisivo segundo o próprio autor. O menino, que se tornará rapaz e depois homem maduro e que Proust nomeia de «eu», passa o verão com os pais numa cidadezinha de província. Os primeiros sofrimentos cruéis de que se recorda são das noites, na cama em que, depois de deixar a mesa do jantar, espera com impaciência e angústia o último beijo da mãe. Não são todas as noites que a mãe sobe para lhe dar boa noite. O jantar se prolonga. O pai do menino vê nessas visitas obrigatórias da mãe ao filho excessivamente sensível um exagero sentimental indesejável do ponto de vista pedagógico. Certa noite, o menino já não se aguenta mais, pula fora da cama descalço e frágil, doentinho como é, aguarda quase uma hora na escada escura pelo retorno da mãe ao andar superior, onde fica o seu quarto. Mas qual não é o susto do menino ao ver a mãe seguida do pai, trazendo à mão uma lamparina. A mãe, temendo severas sanções, faz gestos desesperados para que o filho fuja, mas o pai percebe e, ao invés da fúria paterna, tem-se uma reação inesperada, ditada pela inconsequência de uma relativa indiferença dos adultos por fatos dramáticos e essenciais para as crianças. «Mas em que estado está esse menino. Vá logo rápido, com ele», diz ele à mulher, «e vai deitar no quarto dele!»[13] O menino, que imaginava o pior por sua insubordinação histérica, recebe do pai, ao contrário, aquilo que representava o sonho mais ardente havia semanas: passar toda uma noite não num quarto solitário mas ao lado da mãe, que adormece o menino lendo-lhe em voz alta o livro que mais amava. O autor acrescenta, de maneira surpreendente pela afirmação categórica, que esta noite a inconsequência de seu pai foi o ponto de partida de todos os seus males físicos e psíquicos, que a doença nervosa, a impossibilidade de se controlar diante da tentação dos desejos, os fenômenos físicos complicados cujas raízes sorviam em sua fraqueza nervosa, provinham dessa noite. Não menos essencial para o estudo de Proust, da biografia do herói e do próprio Proust, é o segundo volume de *No Caminho de Swann*, quase todo dedicado à análise de Swann e de seu amor por Odette. Esse personagem representa uma

13 «Mas não se trata de habituar», disse meu pai dando de ombros, «bem vês que o menino está aflito, tem um ar desolado essa criança; vamos, nós não somos carrascos! Se ele adoecer por tua causa, muito trabalho vais ter! Já que há duas camas no quarto, vai dizer a Françoise para te preparar a cama grande e deita esta noite junto dele. Vamos, boa-noite, eu que não sou tão nervoso como vocês, vou me deitar.» (*No Caminho de Swann*, 1913)

transposição de Proust e de um certo Haas.[14] Haas, pertencente à geração dos pais de Proust, ricos burgueses judeus do interior, era, nos anos 1870, um dos homens mais elegantes de Paris, membro do clube mais aristocrático e mais fechado, o «Jockey Club», amigo do príncipe de Gales, do príncipe de Sagan etc. Swann, como Haas, é um mundano refinado e inteligente, cujo charme essencial reside em uma naturalidade absoluta, um egoísmo consequente e suave, para quem nem o dinheiro nem as relações mundanas representam um objetivo em si mesmos, mas tão somente um caminho que o leva aos ambientes dos quais se sente mais próximo por sua essência, e que é capaz de rejeitar de repente sua posição mundana, o que, para um burguês judeu dos anos 1890, era um feito sem precedentes, assim que ele encontra um amor angustiante e absoluto que o invade inteiramente. Odette, ex-cortesã, seus amores, sua vida secreta, o amor natural entre eles, sincero e apaixonado, não passa de uma curta entrada no mundo da decomposição devido a esse amor, em que

14 Charles Haas (1833-1902). «Ele pertencia àquela categoria de ociosos espirituais e inúteis que eram como que um luxo na sociedade de então e cujo principal mérito consistia em jogar conversa fora no 'Jockey' ou na casa da duquesa de Trémoille. Se sua falta de ocupação não tivesse sido um princípio, sua inteligência teria justificado, para ele, todas as ambições.» (Boniface de Castellane)

Swann realiza, de forma plena e dolorosa, a sua paixão por essa mulher, somente quando Odette se afasta dele. Não creio que exista uma análise mais precisa, na literatura mundial, mais minuciosa e abrangente em percepções sobre o tema, comparada a essas páginas inesquecíveis de Proust. Eu gostaria de lhes contar um pequeno detalhe e uma descrição já tornada clássica, que guardei muito vivamente na memória. Odette se torna misteriosa e, durante meses, Swann, empregando todas as qualidades de psicólogo e toda a sua fortuna, não consegue descobrir se ela o trai, nem com quem. Mas o distanciamento gradual é evidente. À margem dessa época de sua relação, Proust acrescenta um comentário perspicaz. Não podemos jamais saber o que faria sofrer mais o amante abandonado: as traições concretas, os amantes numerosos, ou o amante fatal que ela prefere a ele, ou um passatempo totalmente inocente, prova ainda maior de que o distanciamento se tornou definitivo.

Proust descreve os dias de Odette passados sem Swann, ao passo que algumas semanas antes ela era incapaz de ficar sem ele um dia inteiro. Ela não tem amante, fica horas a fio sem fazer nada, entediada com tudo, em restaurantes ou cafés. Mas ela prefere tudo isso a um encontro com Swann, que sofre um martírio de saudades e chega, às vezes, a quase descobrir por onde ela andou, recebendo dela sinais em lugares diferentes e inesperados. Seu ciúme, seu sofrimento, criam um mundo de suposições, explicam de uma maneira totalmente falsa a razão dessas deambulações. Mas a dor de Swann seria ainda mais profunda se ele ficasse sabendo que Odette o deixa por ninguém, que ela prefere o tédio e a solidão a ele. É o mesmo amor de Swann que inspira Proust, em um dos volumes seguintes, páginas inesquecíveis e que se destacam. Há vários meses, Odette deixou Swann. Ele não a vê mais. Ela não passa de uma lembrança terrivelmente dolorosa, que não o deixa e que o torna totalmente incapaz de qualquer ação, qualquer interesse. Um dia, Swann tenta sair desse torpor. Decide ir a uma recepção na residência de Saint-Euvert. Como ele teria se divertido nessa recepção antes de sua relação com Odette! Como toda aquela sociedade que o adorava se ressentia por ele preferir uma *cocotte*, uma mulher sem valor, ao seu convívio! Com que insistência os convivas lhe relembram o homem que ele foi. Lá ele encontrará, crê Proust, apesar de tudo, algumas horas de esquecimento. A descrição dessa recepção é uma das mais características, de tão rica em tipos diferentes, por tão numerosas serem as associações em que Proust compara os criados vestidos em uniformes de gala a figuras de Botticelli, em que ele revela o estilo da duquesa de Guermantes, o antissemitismo, na moda então, a partir de trechos de conversas de uma condessa de segunda ordem, que se espanta que Swann possa ser recebido num salão de uma anfitriã que tem bispos na família. E Swann entra nesse mundo como um velho *habitué*, recebido calorosamente pelas mais brilhantes mulheres da época. Mas ele só sente uma atração inesperada por um velho general. Esse general escreve uma obra sobre um chefe militar francês, mas a razão de seu interesse é a seguinte: a rua onde mora Odette tem o nome desse chefe. O concerto começa e, de repente, a orquestra entoa a sonata de Vinteuil.[15] O motivo principal do violino é o motivo que mais do que tudo lembra a Swann os tempos felizes de seu amor. Era aos salões de Madame Verdurin que Swann vinha todas as noites para passar várias horas, e onde ele ouviu a sonata pela primeira vez, e onde descobriu, nela, uma obra moderna e de beleza excepcional. Sua admiração por Vinteuil, conhecida pelos frequentadores do salão de Verdurin, fez com que se tocassem infinitas vezes esse

---

15 O músico Vinteuil é um personagem de ficção, em parte inspirado em Camille Saint-Saëns. A propósito da sonata: «Num ritmo lento, ela o dirigia primeiro para um lado, depois para outro, depois mais adiante, para uma felicidade nobre, precisa e ininteligível. E de repente, no ponto em que ela chegara e de onde ele se preparava para segui-la, depois de uma pausa de um segundo, mudava de direção bruscamente e, com um novo movimento, mais rápido, miúdo, permanente, melancólico e suave, ela o arrastava consigo para perspectivas desconhecidas. Depois, desapareceu. Ele desejou apaixonadamente revê-la uma terceira vez». (*Um Amor de Swann*, 1913)

motivo, para ele. Ao ouvir então esse motivo musical único, sentado ao lado de Odette, invadido de amor por ela, ele uniu esses dois sentimentos a tal ponto que agora, tocado pelo violino, nessa multidão indiferente e mundana, esse motivo lhe propiciou uma revelação tão absolutamente concreta desse passado feliz, de que ele tentava fugir, que numa aflição que chegou a dor física no coração ele reviveu sua felicidade perdida para sempre. Ele, mundano e mais que reservado, sabendo ocultar todo sentimento íntimo sob a máscara da indiferença, foi incapaz de reter as lágrimas. Aqui, seguem as páginas de uma descrição exata e talvez das mais difíceis e preciosas de Proust: da própria música, do próprio motivo que sai da milagrosa caixa de ressonância do violino, capaz de lacerar, novamente, no mais profundo de seu ser, a ferida mal cicatrizada de Swann. A sonata termina; a vizinha de Swann, alguma condessa, exclama: «Nunca ouvi nada mais sublime. Essa sonata me impressionou mais que tudo». Mas, tomada de um acesso de preciosismo, acrescenta a meia voz: «A não ser as mesas girantes».[16]

---

16   «É prodigioso, nunca vi nada tão impressionante... — Mas um escrúpulo de exatidão fê-la corrigir a primeira assertiva e acrescentou com reserva: — Nada tão impressionante...desde as mesas giratórias!» (*No Caminho de Swann*, 1913)

Nos volumes que se seguem a *No Caminho de Swann*, encontramos o desenvolvimento e o extremo enredamento dos temas encetados no início. Vou me limitar a lhes contar algumas poucas cenas, apenas alguns problemas de psicologia descritos e desenvolvidos por Proust, que se fixaram na minha memória mais fortemente do que outros. Não tenho a menor ambição de afirmar que as páginas de que vou lhes falar são as que mais representam o valor da obra. Trata-se apenas de uma hierarquia fixada subjetivamente por meu entusiasmo. Não me recordo de ter voltado a Proust — e voltei a ele com frequência — sem descobrir, a cada vez, novas nuances e novas percepções. Já lhes falei da avó. É a morte dessa mulher amada, acima de todas as demais, pelo herói, cuja lembrança não o deixa até sua morte, que se liga ao que Proust chama de intermitências do coração.[17] Essa expressão, tornada clássica, [é] conhecida até hoje pelos que não ousaram ler o imenso *Em Busca do Tempo Perdido*. A avó morre de euremia. Vejo apenas páginas de Tolstói que podem ser comparadas às da morte de um ser que era, sem sombra de dúvida, uma transposição bem próxima de sua própria mãe, da decomposição lenta da consciência de um ser adorado, no umbral da morte, as reações de todos os entes próximos, a começar

17   «Intermitências do coração»: título de uma seção de *Sodoma de Gomorra*, 1921-1922.

pela dor muda e lancinante da mãe do herói, passando por Françoise que por um apego dos mais fiéis, ligada por uma atitude em relação à morte simples, beirando a brutalidade, fere as réstias de consciência da doente ao penteá-la à força e colocando-lhe diante do rosto decomposto um espelho que a encheu de horror, passando pela descrição do grande médico parisiense, de terno preto e com a Legião de Honra, sempre convidado nos momentos de absoluto desespero e sabendo interpretar o distinto papel de primeiro coveiro, terminando pelo Duque de Guermantes que, consciente da graça que concedia a uma família burguesa, vem apresentar suas condolências de maneira obsequiosa e exagerada-mente respeitosa à mãe do herói que, invadida unicamente pelo sentimento de dor, sequer percebe as amabilidades ducais e lhe dá as costas na antecâmara em meio aos seus salamaleques. É em descrições desse tipo que a «monstruo-sidade» de um grande escritor se manifesta: a capacidade de analisar de maneira exata e fria, de ver todos os detalhes de drama e de humor ao mesmo tempo, até nos momentos mais trágicos de sua vida. Imagino o próprio Proust à cabe-ceira da mãe moribunda, destroçado pela dor e observando ao mesmo tempo todos os detalhes, todas as lágrimas, todos os disparates e as bizarrices do entorno. Falei-lhes do grande papel da análise psicológica do *faubourg* Saint-Germain, em Proust. Não era à toa que Proust admirava, lia e relia, sabendo até páginas inteiras de cor, o duque de

Saint-Simon e Balzac. O duque de Saint-Simon, em suas lembranças da época de Luis XIV, contava com grandes detalhes fatos e gestos, rivalidades e intrigas dos ancestrais da época desse *faubourg* Saint-Germain. Pertencendo ele próprio à elite aristocrática, Saint-Simon fala desta com conhecimento de causa, com grande lucidez, assim como na condição de grande escritor capaz de ver e registrar as nuances e os ridículos de seu meio. A atitude de Balzac é bem diferente. Balzac gravitava em torno do *faubourg* Saint-Germain. Ligava-se, apaixonado por mulheres desse mundo. Sonhava em desempenhar nele papel brilhante de grande senhor, milionário, célebre escritor e destruidor de corações, tudo ao mesmo tempo. Devorado pelo trabalho, crivado de dívidas, cheio de planos financeiros fantásticos que terminavam regularmente em catástrofes, com credores ao seu encalço, ele mal tinha tempo para observar esse mundo, quase não tinha oportunidade de conviver com ele. Em momentos bem curtos de trégua, em que recebia pelos livros, ou por outra razão alguma grande quantia de dinheiro, ele corria logo para gastá-la de forma pueril, comprando vestes ultra-elegantes, que nem sempre lhe caíam bem devido ao gordo ventre de eterno sedentário. Ele comprava bengalas com punho de ouro e marfim, e George Sand conta que, numa recepção em sua nova habitação perto do Observatório, ele a recebeu com candelabros e num salão ornado de cortinas rendadas, o que era provavelmente de gosto duvidoso do ponto de vista do *faubourg* Saint-Germain. No estudo sobre a aristocracia feito por Balzac encontramos infinitos traços lúcidos e justos, mas por outro lado não vejo em nenhum lugar na obra de Balzac tanto empolamento, tanta idealização ingênua em que as mulheres celestes ou infernais lembram antes seres saídos de telas de pintores românticos, Scheffer,[18] por exemplo, e não mulheres reais, de carne e osso. Proust entrou nesse meio vindo de fora, como Balzac. Mas como ele soube analisar de mais perto, e com que distanciamento pessoal ele o soube julgar! Esse conhecimento interno desse mundo aristocrático me traz de volta a Tolstói, que fala nele de *Guerra e Paz, Anna Kariênina*, e em infinitas outras páginas, com uma lucidez e um realismo menos transpostos que Proust. É ao redor dos Guermantes e do irmão do duque de Guermantes, o barão de Charlus, que Proust agrupa a galeria desses aristocratas, a começar pela princesa Mathilde, única pessoa histórica que ele descreve com o seu nome verdadeiro, terminando por parentes e amigos de segunda e terceira ordens que gravitam em torno do sol dos Guermantes e que representam todas as nuances infinitas do esnobismo, do arrivismo e da estupidez. O esnobismo, mais que os outros

18 Ary Scheffer (1795-1858), pintor e gravurista francês de origem neerlandesa, autor de obras históricas ou de inspiração literária de um romantismo acadêmico.

traços que caracterizam esse mundo, é estudado em todas as suas formas. Fora a alta sociedade parisiense, Proust nos pinta o retrato de uma aristocracia rural, mais simples, mais simpática, mais ligada à vida real, os Cambremères, por exemplo. A velha baronesa é uma mulher simples, natural, que gosta sinceramente de música, orgulhosa de ter sido na juventude aluna de Chopin. Sua nora, oriunda de Paris, representa o tipo clássico de esnobismo artístico. Sem qualquer aptidão pessoal, sentimental ou artística que possa ligá-la à arte, conhece de cor todos os lugares-comuns da última moda parisiense. Chopin não estava na moda nessa época. A humilde sogra sequer ousa falar nele. Ela quase sente vergonha de confessar o quanto gosta dele, considerando-se provinciana e retrógrada, incapaz de discutir com as grandes afirmações categóricas e definitivas da nora parisiense «preciosa». E como essa velha senhora é comovente quando o jovem herói, numa visita aos Cambremères, homem que gostava verdadeiramente de música, diverte-se ao destruir com destreza as afirmações categóricas da nora. Com que alegria, mesmo que combinada a um pouco de medo, ela ousa confessar diante dele o seu amor por Chopin. Sentimos nessas páginas como o jovem herói tem o sentido do que é verdadeiro ou falso na atitude dessas mulheres com relação à arte. O mesmo ocorrendo com a pintura. Ele se diverte ao colocar a preciosa em situações constrangedoras porque a jovem dama não desconfia que ele sabe infinitamente mais do que ela e que as pessoas como esse jovem estão na origem da moda artística. A preciosa afirma a inexistência de Poussin. É a moda do naturalismo e no anticlassicismo que nele se reflete. O herói lhe responde que Degas (uma autoridade definitiva) afirma que Poussin é um dos maiores mestres da arte francesa. «Irei ao Louvre assim que for a Paris, tenho que rever o quadro e reviver esse problema», responde a dama totalmente desnorteada.[19] E Proust nos mostra, com traços delicados, de maneira evidente, que essa mulher não entende absolutamente nada de arte, da qual ela não para de falar, que a arte para ela não passa de uma forma de se tornar interessante diante de pessoas ainda mais estúpidas e de lhe dar o direito de olhar com desprezo as pessoas verdadeiramente artistas, mas que não estão na moda, na sua opinião. Proust, que fala de esnobismo em todas as suas formas e nuances, era julgado em sua vida e até em sua obra como um perfeito

---

19   «— Mas — disse-lhe eu, sentindo que a única maneira de reabilitar Poussin aos olhos da Sra. de Cambremer era informá-la de que ele voltara a estar na moda —, o Sr. Degas assegura que não conhece nada mais belo que os Poussins de Chantilly. — Oh, eu não conheço esses de Chantilly — disse a Sra. de Cambremer, que não queria ser de opinião diversa da de Degas —, mas posso falar dos do Louvre que são uns horrores. — Ele também os admira imensamente. — Será necessário que os veja de novo.» (*Sodoma e Gomorra*, 1921-1922)

esnobe. Seus primeiros amigos de escola o deixaram com a convicção de que o esnobismo o havia desencaminhado. E, mesmo muitos anos depois, Misia Godebska-Sert,[20] mulher brilhante e amiga de todos os artistas, de Toulouse-Lautrec a Picasso e os surrealistas, havia lhe perguntado, durante um jantar no Meunice ou no Ritz em 1914-1915, se ele não era esnobe, e havia recebido, no dia seguinte, para sua surpresa, uma longa carta (sem dúvida perdida por ela) em que ele explicava em oito páginas escritas em letra pequena como a sua pergunta fora superficial. O que não daríamos para poder ler hoje uma carta jogada fora! A atitude de Proust, em sua vida assim como em sua obra, possui tantas facetas que é pueril chamá-lo de esnobe. Sua atração pela duquesa de Guermantes, pelos vitrais medievais da igreja de Cambrai,[21] passando pelo seu amor pela mesma duquesa, o ofuscamento diante de um mundo que ele descobre, os comentários mais severos, a observação e a consciência de todos os seus defeitos, pequenezas, frieza, impotência e estupidez — encontramos tudo isso em seus

20 Misia Godebska-Sert (1872-1950), polonesa, pianista, figura da alta sociedade parisiense, inspiradora de Proust e de Cocteau — ajudou o jovem Joseph Czapski e seus amigos kapistas a expor em Paris nos anos vinte. [O movimento kapista, do qual Czapski fazia parte, foi uma escola pictural influenciada por Cézanne, Van Gogh e pelo cubismo.] [N. T.]
21 Combray.

livros. Com que fineza Proust sabe, adivinha as qualidades do jovem sobrinho dos Guermantes, militar, louco por música e literatura, nobre de caráter e em todos os seus impulsos, que morre heroicamente durante um ataque em plena guerra. Paralelamente, com qual humor ele nos mostra a estupidez inculta de toda sorte de aristocratas mundanos, e ele acrescenta num de seus volumes esta frase ousada: «Seria encantador se não fosse estúpido». No mais, a atitude do Proust escritor em relação a esse meio é de total distanciamento, eu diria cientificamente objetiva, como com relação à cozinheira Françoise, ao clã dos médicos ou à sua própria avó. Ele compara a cozinha de Cambrai, em que reinava Françoise, com a corte de Luis XIV, o Rei-Sol, e as intrigas que o rodeiam; ao falar dos aristocratas, ele descobre afinidades contrárias. Ele descreve um encontro de seu herói, no pátio da casa, com o proprietário, o duque de Guermantes, que durante uma conversa não consegue se impedir de espaná-lo com alguns toques de mão extremamente leves e obsequiosamente polidos, alguns pelos grudados à gola de veludo do casaco de seu interlocutor. «Somente os lacaios das grandes casas e os representantes das grandes famílias aristocráticas — afirma Proust — possuem esse reflexo combinado a essa destreza».[22] A partir

22 «Um dia que o senhor Guermantes necessitava de umas informações relacionados com a profissão de meu pai, apresen-

desse gesto, ele deduz toda uma teoria de afinidades cons-
truída sobre a proveniência dos aristocratas, do papel que
desempenharam em Versalhes. É preciso levar em conta,
também, um dos temas essenciais de *Em Busca do Tempo
Perdido*. Trata-se do problema do amor físico, que Proust
estuda em seus aspectos mais velados e secretos. Todas as
anomalias e perversões são estudadas por Proust com o
mesmo distanciamento de analista, sem louvores ou pre-
conceitos. Seu grande predecessor Balzac tinha já tido a
coragem de tratar desses assuntos de uma maneira infinitamente mais reservada, aliás, em *Vautrin* e na *Menina dos
olhos de ouro*. Estamos tão acostumados, e às vezes cansa-
dos e irritados, depois de vinte anos de literatura do pós-
-guerra com livros que falam de tudo no domínio da
sexualidade de uma maneira cínica ou exibicionista (Proust

---

tou-se com muito boa graça. Depois disso tinha que lhe pedir
frequentemente algum favor como vizinho, e assim que o via
descendo a escada pensando em algum trabalho, e desejoso
de evitar todo encontro, o duque deixava seus moços de qua-
dra, saía atrás de meu pai no pátio, punha-lhe bem o capote
como um serviçal dá aos antigos ajuda de câmara ao Rei; agar-
rava-lhe a mão e, retendo-a na sua, acariciando-lhe inclusive
para lhe provar, sem pudor de cortesão, que não lhe regateava
o contato de sua preciosa carne; levava-o assim, farto e sem
pensar mais que em escapar, até além da porta da garagem».
(*O Caminho de Guermantes*, 1920-1921)

é cheio de reservas se o comparamos a certos capítulos de Céline) que é difícil compreender que certas páginas de *No Caminho de Swann*, relativas aos amores lésbicos da filha de Vinteuil, publicadas já antes de 1914, que a história do grande senhor Charlus que caíra em desgraça na sociedade por conta de um escândalo *à la* Wilde, o qual vemos num bordel parisiense caindo nos piores desvios masoquistas, que essas páginas, pensadas e compostas em parte ainda antes da guerra de 1914, representavam um ato de coragem. Proust havia lançado sua lanterna de analista sobre esses recantos mais secretos da alma humana, que a maior parte dos homens prefere ignorar. Nesse domínio, como em todos os outros estudos da aristocracia, do amor filial, do mecanismo secreto da criação artística etc., encontramos o mesmo Proust com sua admirável lucidez e seu aparelho analítico de precisão e minúcia desconhecidas antes dele.

Eu gostaria de insistir sobre algumas conclusões, até que bem sugestivas. Proust leva ao leitor, por meio de sua forma reveladora, um mundo de ideias, toda uma visão da vida que, ao despertar no leitor todas as faculdades de pensamento e de sentimento, exige dele uma nova revisão de toda a sua escala de valores. Para que fique bem claro: não é, como eu já disse antes, uma ou outra tendência que nos afeta ao lermos sua obra. Não há nada de mais estranho a Proust do que uma obra tendenciosa. Ele próprio o repete várias vezes: é somente através de uma forma levada aos limites de sua profundidade que se pode conseguir transmitir a essência do escritor. No último volume de *O Tempo Redescoberto*, ele aborda, tangencialmente, uma polêmica com Barrès. Na época, Barrès tinha ascendência sobre os jovens escritores franceses nacionalistas, sendo também ele grande escritor. Em *Les Déracinés* e *La Colline inspirée*, Barrès insistiu no lado nacional da obra do escritor. Oriundo da Lorena, ele via na terra, no solo, na pura tradição francesa as fontes de uma inspiração profunda (é contra Barrès que Gide escreve suas notas críticas sobre o desenraizamento, em que assinala, em contrapartida, os valores positivos resultantes do contato com um mundo diferente). Barrès afirmava que um escritor não deve jamais esquecer que ele é um escritor nacional, e que deve tratar desses elementos em sua obra. Proust lhe responde com uma frase, *en passant*, que infelizmente não tenho como repetir, a não ser inexatamente e resumidamente, portanto banalizando-a. Barrès afirma que um escritor, antes de ser escritor, deve se lembrar de seu papel e de sua missão de francês. Quando um cientista está em busca de uma descoberta, que ele só pode obter dando a essa pesquisa *todas as suas faculdades*, ele não tem condição de pensar em outra coisa. Do mesmo modo, não é em tais ou quais ideias expressadas por um escritor que nós devemos medir sua contribuição para o país, mas antes nos limites aos quais ele chegou para realizar a sua forma. Até entre os maiores escritores acontece que a tendenciosidade enfraqueça o efeito da obra, prejudicando não apenas o ponto de vista artístico, como até mesmo o ponto de vista dessa ideia que o escritor quis expressar. Se tomarmos nosso terreno literário, há exemplos gritantes e tragicamente instrutivos. É o caso de Zeromski[23] e de Conrad-Korzeniowski.[24] Não encontramos jamais no trabalho deste último o menor desvio por didatismos, nenhuma irrupção de tendenciosidade. Entretanto, justamente, sua obra desperta no leitor atento um mundo de ideias e problemas. Conrad, filho de um revolucionário polonês exilado, nascido no interior remoto da Rússia, que durante a vida toda teve o culto de alguns sentimentos elementares de fidelidade e de honra, tivera que deixar seu país, deixar sua língua, tornar-se escritor, para encontrar enfim uma atmosfera em que ele fosse capaz de criar uma obra sem tendências imediatas, uma obra sem didatismo. Zeromski foi o homem que mais fez para propagar a obra de

23 Stefan Zeromski (1864-1925), grande escritor polonês muito apreciado por seu estilo naturalista e lírico, cuja obra é marcada por um pessimismo resultante dos sucessivos fracassos das insurreições polonesas. Autor de *Les Cendres* e *Renouveau*.

24 Teodor Jozef Konrad Nalecz Korzeniowski (1857-1924), mais conhecido como Joseph Conrad, romancista inglês de origem polonesa, autor de romances e novelas ligados à sua paixão pelas viagens, dentre os quais *Lord Jim* e *The Shadow Line* [*Linha de sombra*].

Conrad na Polônia, para fazer dele, novamente, um escritor polonês. Mas Zeromski teve de combater, como Orzeszkowa,[25] que o havia colocado em um campo de traidores, pois ele partira da Polônia no momento em que ela mais precisara de seus filhos. Zeromski, que me parece ter um talento não menor do que o de Conrad, embora terrivelmente desigual, não deixara o seu país, que ele amava acima de tudo, inclusive acima da arte. Suas obras eram sempre escritas com uma ideia que ele queria tornar imediatamente ativa e útil a seu país, e pode-se dizer dele o que Krasinski[26] dissera depois da morte de Mickiewicz:[27] «Ele era o sangue, o leite e o mel de nossa geração». Mas Zeromski era um artista por demais grande para não compreender que frequentemente sacrificava a perfeição de sua obra a uma

---

25 Eliza Orzeszkowa (1841-1910), polonesa, autora positivista que se concentrou em questões sociais: emancipação das mulheres, direitos do judeus, colaboração entre a população e a nobreza. Escreveu sobretudo: *Au bord du Niemen* e *Merr Ezofowicz*.

26 Zygmunt Krasinski (1812-1859), grande poeta romântico polonês, autor de romances de conteúdo histórico e filosófico, dentre os quais destacam-se: *Comédie non divine* e *Irydion*.

27 Adam Mickiewicz (1789-1855), famosíssimo poeta e patriota polonês, autor de poemas de conteúdo romântico, épico, lírico ou dramático dentre os quais destacam-se *Konrad Wallenrod, Grazyna, Les Aïeux* e *Monsieur Thadée*.

causa mais nobre, além de utilitária. E em seu estudo, já publicado na Polônia livre, ele mesmo diz, com uma humildade comovente: «Eu tinha tanto desejo de despertar a consciência dos meus compatriotas, de empurrá-los para a generosidade e o heroísmo, que estraguei, com a tendenciosidade, os valores artísticos de minhas obras, já sem ela, tão fracos». E é justamente Zeromski que faz tudo para popularizar Conrad, e escreve uma introdução ao seu primeiro volume traduzido em polonês: *Murzyn y zatogi «Narcyza»*.[28] Ele reconhece em Conrad não um traidor, mas um irmão que em um mundo mais livre pode realizar o que Zeromski teve que sacrificar, e o que na Polônia livre lhe parecia ser o alimento mais indispensável às jovens gerações. Deixando o terreno da literatura polonesa, podemos descobrir o lado nefasto da tendenciosidade sobre o escritor que é, talvez, o maior romancista de seu tempo. Em *Guerra e Paz* e em *Anna Kariênina*, o didatismo praticamente não existe. Tolstói remaneja *Anna Kariênina*, reescreve uma longa discussão exclusivamente para ocultar ao leitor sua própria opinião. Mas em *Ressurreição*, seu grande romance da velhice, encontramos frequentemente um didatismo bem claro, o autor insiste tanto sobre certas ideias essenciais que chega

---

28 *Le Nègre du narcisse*, que foi publicado em inglês em 1897 e, em polonês, em 1923 [e em português, em 1987, pela Relógio d'Água — *O Negro do Narciso*. N. T.].

a obter o efeito contrário em certos leitores, e até, ao rebaixar a qualidade artística da obra, enfraquece em vez de reforçar a extensão de suas ideias. O inverso ocorre com Proust. Encontramos nele uma falta tão absoluta de *parti pris*, uma vontade de saber e de compreender os estados da alma mais opostos entre si, uma capacidade de descobrir, no homem mais baixo, gestos nobres no limite do sublime, e reflexos baixos nos seres mais puros, que sua obra age sobre nós como a vida filtrada e iluminada por uma consciência, cuja exatidão é infinitamente maior do que a nossa. Muitos leitores de Proust ficariam espantados se eu lhes dissesse que as conclusões ideológicas de *Em Busca do Tempo Perdido* que encontrei, pessoalmente, eram praticamente pascalianas. E lembro-me do espanto que tive ao ler um artigo de Boy sobre Proust, em que ele falava do «delicioso» Charlus, e, segundo o tom do artigo, havia visto indícios essenciais desses volumes mais no humor e na alegria de viver. Falei rapidamente de Pascal, mas sua atitude absolutamente anti-sensual nos é bem conhecida. Este homem, devorado pela nostalgia do absoluto, considerava inaceitável toda alegria efêmera dos sentidos. Físico de grande gênio, adulado pelos meios mais refinados da França, de orgulho e sede de sucesso inatos, em uma noite que permanecerá para sempre o mistério de Pascal, esse homem tem uma visão de um mundo supraterrestre e absoluto, e depois de então até o dia de sua morte leva ao pescoço um pequeno

pedaço de papel em que estão escritas essas poucas palavras: «Lágrimas, lágrimas de alegria». Pascal rompe com
tudo e com todos, joga-se, com toda a sua natureza passional em um ascetismo extremo, fecha-se em Port Royal,
cansa, tortura seu pobre corpo gravemente doente. Não
apenas a comida que lhe é dada é engolida de tal maneira
que ele não possa sentir seu gosto, não apenas ele usa um
cinto de ferro, como também proíbe-se suas mais altas paixões, a matemática, a física, a própria literatura, somente
rabiscando de tempos em tempos alguns pensamentos,
algumas ideias que, reunidas depois de sua morte, representam um dos livros mais concisos, profundos e ardentes
da literatura mundial. Não são apenas os sentidos degrada-
dos que são achincalhados por Pascal, mas todos os sentidos. É de Pascal essa terrível frase: «O casamento, a mais
baixa condição do cristianismo». Pode parecer paradoxal
que eu ligue os pensamentos de Pascal a *Em Busca do Tempo
Perdido*, livros inteiramente dedicados ao estudo dos sentidos, que contêm milhares de páginas escritas por um
homem que tinha adoração pelas alegrias sensíveis da terra,
que sabia gozar de tudo de maneira a um só tempo apaixo-
nada, refinada e consciente, até o último minuto possível.
Conheço uma resposta a uma pequena carta inédita escrita
por Proust a seu amigo de liceu Daniel Halévy, provavelmente uma resposta a comentários ou conselhos morali-
zantes por parte deste, em que Proust diz querer somente:

desfrutar, na vida, das alegrias do amor (físico). Lembremo-nos de que o entorno de Anatole France é o seu primeiro ambiente literário, que a religião hedonista do grande escritor francês tinha, sem qualquer dúvida, influenciado a formação do mundo das ideias de Proust, que percebeu-se com frequência que toda a obra de Proust é uma obra desprovida de qualquer busca do absoluto, que a palavra «Deus» não aparece sequer uma vez, entre milhares e milhares de páginas. E, ainda assim, ou talvez por isso mesmo, essa apoteose de todas as alegrias passageiras da vida nos deixa um gosto de cinza pascaliano na boca. Não é em nome de Deus, não é em nome da religião que o herói de *Em Busca do Tempo Perdido* abandona tudo, mas ele também é tomado por uma revelação fulminante: ele se enterra igualmente morto-vivo em seu quarto de cortiça (misturo de propósito a sorte do herói com a do próprio Proust, pois neste ponto eles são um) para servir até a morte o que era para ele o absoluto, sua obra artística. E os dois últimos volumes (*O Tempo Redescoberto*) também são misturados de lágrimas de alegria, também são um hino de triunfo do homem que vendeu todos os seus bens para comprar uma única pedra preciosa, e que mensurou todo o efêmero, todas as aflições e toda a vaidade das alegrias do mundo, da juventude, da celebridade, do erotismo, no contraponto com a alegria do criador, desse ser que, ao construir cada frase, ao manejar e remanejar cada página, está em busca do absoluto que ele nunca alcança inteiramente e que, aliás, é impossível de alcançar.

A vaidade das relações mundanas. Swann, perfeito homem do mundo, gravemente doente, recebe dos médicos uma sentença de morte: ele não viverá mais que dois ou três meses. É no pátio da residência dos Guermantes, no momento em que o duque e a duquesa partem apressados para uma grande recepção, que Swann anuncia essa notícia à duquesa, sua melhor amiga, a rainha da Paris de então. O casal tem a opção de ouvir a sentença de morte de seu amigo e se arriscar a se atrasar para um grande jantar. Para fugir a esse risco, eles não levam a notícia a sério, afirmam que o pobre Swann, de rosto cadavérico, está provavelmente em ótima saúde, e o deixam plantado diante da suntuosa residência. Um momento depois, o duque percebe que os sapatos da duquesa são de uma cor diferente da que ele imaginava que ela usaria, mais de acordo com o vestido de veludo vermelho e o colar de rubis. Swann não conseguiu retê-los sequer por alguns minutos. Os sapatos que não combinavam, sim. A saída será atrasada em quinze minutos.

A vaidade do orgulho aristocrático. No *Tempo Redescoberto*, Proust nos pinta uma recepção suntuosa na mesma residência dos Guermantes. Mas a princesa da mais pura estirpe dessa família, celebrada por sua rara fineza e seu estilo único, foi substituída, depois de sua morte, pela duquesa de Guermantes número dois, uma burguesa enriquecida, coberta de esnobismo, vulgaridade e ridículo, e que os convivas do pós-guerra, entre outros, os americanos ricos de além-mar, aceitam e admiram sem suspeitar que a célebre princesa de Guermantes e essa senhora que os recebe não têm nada em comum, afora o nome e a situação.

Vaidade da juventude e da beleza. «No tempo do irreparável ultraje»[29] — Odette, a encantadora cortesã, paixão de Swann e de muitos outros, esposa de Swann, depois do conde de Forcheville, que encarna, ao longo da obra de Proust, todas as seduções da mulher, é representada por ele em seu último volume como uma velha quase idiota, aboletada no salão da filha. Sempre cercada de luxo e honrarias, hoje, ela quase não é notada. Todos se aproximam dela com profunda reverência no momento de sua chegada, mas, dados dois passos, ninguém hesita em esquecê-la ou até a falar dela em voz alta, com deboche ou maldade. E Proust que, como digo com frequência, mantém sempre um veio de objetividade cruel, acrescenta, aqui uma frase inesperada, pois ternamente pessoal: «E essa mulher adulada e adorada por toda a vida, agora um trapo que olhava estarrecida, assustada, essa multidão

29 «Para reparar anos de irreparável ultraje», Jean Racine (e segundo Plauto), *Atália*, II, 5.

feroz em trajes de grande elegância, parece-me pela primeira vez... simpática».[30]

A vaidade, inanidade da celebridade. A grande atriz Berma, que é Sarah Bernardt quase literalmente transposta, fornece a Proust a ocasião de escrever páginas únicas. A grande atriz está velha e doente; ela não pode mais interpretar as cenas sem se intoxicar com drogas, depois do que ela passa noites de sofrimento e insônia em sua residência à beira do Sena. Apenas pela manhã algumas horas de repouso lhe são possíveis. Mas sua filha adorada, pela qual ela suporta todos os suplícios, quer ter uma residência idêntica, vizinha à sua, e desde a alvorada ela só ouve barulhos de martelos, ininterruptos, que lhe tornam o sono impossível. É então que uma atriz de terceira categoria, mas bem mais jovem do que ela, vinga-se. Por meio de intrigas, conhecimentos, baixezas, ela ganha a simpatia do público menos exigente do pós-guerra. E é o dia em que a velha Berma organiza uma recepção, que ela escolhe para sua audição mundana. Ela vai declamar poemas em um sarau

30 Czapski relembra a longa passagem de *Albertina Desaparecida* (1925), que termina assim: «Meu novo 'eu', enquanto crescia à sombra do antigo, ouvia-o falar muitas vezes de Albertine; através dele, através dos relatos que recolhia, julgava conhecê-la, ela lhe era simpática, amava-a; mas não passava de uma ternura de segunda mão».

em que toda a alta sociedade parisiense deve estar reunida. E a velha atriz de gênio vê seu salão absolutamente vazio nessa noite, a não ser por um jovem desconhecedor dos modismos, de sua filha e de seu genro, furiosos por serem forçados a passar a noite na casa de sua velha mãe, e não no salão brilhante e repleto da princesa de Guermantes.

Proust descreve a fina ossatura de seu rosto emplastrado de pó de arroz, e seus olhos ainda vivazes «como serpentes nos mármores de Erectêion».[31] É sua filha adorada

31 «Como diz o povo, a Berma trazia a morte estampada no rosto. Desta vez parecia mesmo uma estátua de mármore do antigo Erectêion. Suas artérias endurecidas, já meio petrificadas, formavam longos cordões esculturais que lhe percorriam as faces com rigidez mineral. Os olhos morrentes ainda apresentavam uma vivacidade relativa, contrastando com a terrível máscara ossificada, e tinham um brilho débil como uma serpente adormecida entre as pedra» [N. T.: Os editores franceses se equivocam, e citam outra cena, de um volume anterior, em que Berma também está associada ao Erectêion:] «Naquele primeiro dia em que o vi na casa dos pais de Gilberte, contei a Bergotte que ouvira recentemente a Berma em Fedra; disse-me que, na cena em que ela permanece com o braço erguido à altura dos ombros exatamente uma das cenas que tanto haviam aplaudido —, soubera evocar, com uma arte muito nobre, obras-primas que aliás ela talvez nunca tivesse visto, uma Hespéride que faz esse gesto sobre uma metrópole Olímpica, e também as belas virgens do an-

que lhe reserva o último golpe. Ela deixa com o marido o salão da mãe, corre sem convite para a grande recepção, e, para ter a honra de assistir ao triunfo da pior inimiga da mãe, como um animal acuado, ela consegue penetrar nesses salões por intermédio dessa atriz, que fica muito feliz de atingir e ferir Berma, protegendo desdenhosamente sua filha.

A vaidade dos amores. As aventuras, todas as paixões e os desregros, o que reservam aos que neles mergulharam inteiramente? Vemos o barão de Charlus, envelhecido, à margem da sociedade, em um bordel, implicado em práticas masoquistas monstruosas, acorrentado à matéria, como Prometeu à sua rocha. Depois, vemos novamente o mesmo Charlus, de volta à infância, saindo de um carro, cego e incapaz de andar, empurrado por Jupien, alfaiate, amigo torpe da juventude e proprietário de um bordel, que é o único a permanecer ao lado do velho e lhe dedica cuidados quase maternais. O maior amor do herói de *Em Busca do Tempo Perdido* é Albertina. Os volumes de *À Sombra das Moças em Flor* são repletos da descrição dos charmes sublimes da jovem Albertina e de suas amigas esportivas. Em *Sodoma e Gomorra*, em *Albertina*,[32] entra-

---

tigo Erectêion». (*À Sombra das Moças em Flor*, 1919, Prêmio Goncourt).

32 *A Prisioneira*, 1923.

mos no mundo do amor, do ciúme, da ternura suscitada pela jovem. *Albertina Desaparecida* é tão somente um grito de desespero, uma busca raivosa da jovem em fuga, uma investigação ciumenta e dolorosa de todo o seu passado. E quando depois de um ano o herói fica sabendo durante uma viagem a Veneza da morte súbita da amiga, ele mal atenta para o fato, pois estava interessado por outra, momentaneamente. E com que supremo desapego, o qual, aliás, nada tem em comum com a ira anti-carnal de um Pascal, fala do amor do próprio autor, que tanto sofreu, quase no final de seus numerosos volumes. Ele fala do assunto como que de um ponto de vista utilitário, aconselhando um amor um pouco absorto na carne como sendo o melhor antídoto contra as parcas alegrias mundanas, contra a paixão da sociabilidade, que leva mais confusão à vida do artista. Proust insiste sempre em um ponto: o artista é, e deve ser, solitário. Mesmo os alunos, mesmo os adeptos, enfraquecem o artista e, como suas visões sobre o amor são absolutamente pessimistas, como ele vê no amor tão somente uma causa de «preciosa ferida e de solidão aumentada», que se estende ao domínio dos sentidos, ele resolveu talvez permitir-se um pouco dessa alegria. E no momento em que decide se enterrar em sua obra, deixar o mundo e todas as alegrias efêmeras, ele se diz que, talvez, mesmo assim, se permitirá, de vez em quando, encontros amorosos com moças encantadoras, para não ficar como aquele cavalo da Antiguidade que só era alimentado de rosas.

Se quisermos adivinhar os últimos pensamentos de Proust sobre a vida e a morte, que nascem no ser no momento em que, sob o fardo de longa experiência, ele se aproxima da morte, é o personagem de Bergotte, personagem de segunda grandeza, que pode nos dar a chave. Bergotte é, em *Em Busca do Tempo Perdido*, um grande escritor, um mestre da língua francesa, que encarnava para seu herói ainda jovem todas as belezas da literatura. O material, de que se serviu Proust para criar seu personagem, deve-se à observação e ao estudo de Anatole France, do qual Bergotte tem muitos traços, e à experiência íntima do próprio Proust, o Proust dos últimos tempos. Encontramos Bergotte já em *No Caminho de Swann*. O jovem o descobre e faz dele o seu mestre preferido, sonha em conhecê-lo. É em *O Caminho de Guermantes*, creio, que ele o encontra pela primeira vez,[33] no salão de Odette, já Madame Swann. Ele o encontra na pessoa de um velho amigo de Swann, que lhe fala com uma polidez extrema e o leva em seu carro, ao saírem da visita. Esse conhecimento suscita em Proust, num primeiro momento, uma decepção

33 O narrador ouve o nome de Bergotte em *No Caminho de Swann*; ele o encontra pela primeira vez em *À Sombra das Raparigas em Flor*, 1919.

que, aliás, é bem comum. Esse homem de carne e osso tem pouco em comum com o escritor que o jovem sonhava em conhecer havia muito tempo. O surpreendente é que Bergotte, amigo chegado a Swann, começa a falar mal dele no carro, com muita fineza, distanciamento, facilidade, ao jovem que o vê pela primeira vez. Bergotte dá a Proust a oportunidade de estudar com espírito lúcido e justo todas as fraquezas, todas as pequenas e grandes covardias, todas as mentiras tão frequentemente encontradas nos artistas. Nos volumes seguintes, vemos Bergotte envelhecido, na época de seu maior renome, com sua força criativa em declínio. Agora, quando escreve livros cada vez mais raros, de menor qualidade, escritos com esforço infinitamente menor e com sentimentos de alegria e de necessidade interior bastante agastados, ele gosta de repetir a seguinte frase: «Penso que ao escrever esses livros, fui útil ao meu país»,[34] frase que ele nunca dizia no tempo de suas obras primas. Em todas essas descrições e observações psicológicas, pressentimos não o próprio Proust, mas sobretudo Anatole France (e talvez também Barrès) dando material ao personagem. Mas em *Albertina* e *Albertina Desaparecida*, entramos em contato com os estados de espírito e os estados físicos do próprio Proust, nas páginas relativas à última doença e à morte de Bergotte. Essas páginas

34 «Apesar de tudo, é bem exato, não é inútil ao meu país», *Ibid.*

estavam no último volume corrigido por Proust antes de morrer, e sabemos que sua correções de folhas impressas eram, frequentemente, longuíssimas. Ele acrescentava, refazia ou suprimia dezenas e até centenas de páginas. Aliás, era precisamente o vício que minava Balzac. Proust descreve, com detalhe, as esperanças e todas as decepções relativas ao elo entre o doente e o médico. Ele descreve todos os gêneros de sono, as drogas e os soníferos que sedam Bergotte no limiar da morte, extenuado pela insônia. Alguns traços concernentes à última etapa da doença de Bergotte foram inspiradas por Proust alguns poucos dias antes de sua morte. É durante uma exposição do grande pintor holandês Vermeer, pintor favorito de Swann e de Bergotte, que a morte assola este último. Eu soube por acaso que alguns anos antes da morte de Proust, já depois da guerra, o seu amigo Jean-Louis Vaudoy[35] o havia levado a uma exposição holandesa, e que Proust sofrera lá um grave mal-estar. Em *Albertina*, Bergotte resolve ver mais uma vez antes de morrer as telas de Vermeer, embora saiba que em seu estado de saúde essa visita à exposição é muito arriscada. Mal chegando, é tomado pelo charme misterioso, pela precisão chinesa e pelo refinamento, pela suave música dessa tela. Ele para, feliz e admirativo, diante

35 Jean-Louis Vaudoyer (1885-1963), romancista, poeta, ensaísta e historiador da arte francês.

de uma paisagem representando casas em uma praia à beira do mar. Ele vê pequeninos personagens azuis sobre a areia amarela, um pedacinho de muro amarelo, dourado pelos raios de sol. E é aqui que ele faz seu último exame de consciência de escritor. «Pequeno lanço de muro amarelo, repete Bergotte, em voz baixa, é assim que eu devia ter escrito os meus livros, retornar e voltar a retornar sobre as mesmas frases, retrabalhá-las, enriquecê-las, sobrepor a elas camadas, como esse pedaço de parede. Minhas frases eram secas demais e pouco trabalhadas.»[36] E é aqui que escapa a Bergotte-Proust uma frase lançada em voz baixa, e que nos impressiona tanto mais por ser deste aluno de Anatole France: «Que significa esse trabalho afincado nos detalhes que mal se veem, por um artista mal identificado, que significa esse esforço sem trégua visando a fins que, provavelmente, ninguém perceberá, compreenderá, verá em profundidade? É como se vivêssemos sob as leis da justiça, da verdade absoluta, de perfeito esforço, criados num outro mundo que não o da harmonia e da verdade

36 «— Assim é que eu deveria ter escrito — dizia. — Meus últi-
    mos livros são muito secos, seria preciso passar-lhes diversas
    camadas de cor, tornar a minha frase preciosa em si mesma,
    como este pedacinho de muro amarelo.» (*A Prisioneira*, 1923)

cujos reflexos nos alcançam e nos guiam sobre a terra».[37] Essa pequena frase pode ser negligenciada ou parecer insignificante para um leitor menos atento, um leitor que não conhece o sentido extremo de responsabilidade que Proust concedia a cada uma de suas frases. Mas se sabemos que essas páginas foram revistas pouco antes da morte do autor, elas se tornam uma madeira preciosa

37 «O que se pode afirmar é que tudo se passa na nossa vida como se nela entrássemos com o fardo de obrigações contraídas numa vida anterior; nas nossas condições de vida neste mundo, não há motivo algum para que nos julguemos obrigados a praticar o bem, a ser delicados, ou mesmo corteses, e tampouco para que o artista ateu se julgue obrigado a recomeçar vinte vezes um trabalho, cuja admiração que suscitará pouco há de importar a seu corpo devorado pelos vermes, como o pedacinho de muro amarelo que com tanta ciência e requinte pintou um artista desconhecido para sempre, mal identificado pelo nome de Vermeer. Todas estas obrigações, que não têm sanção na vida presente, parecem pertencer a um outro mundo, fundado na bondade, no escrúpulo, no sacrifício, um mundo inteiramente diverso deste, e do qual saímos para nascer nesta terra, antes talvez de voltar a viver nele sob o império dessas leis desconhecidas, às quais temos obedecido porque trazíamos em nós o seu ensinamento, sem saber quem as fizera, essas leis das quais nos aproximam todo trabalho profundo de inteligência e que apenas são invisíveis -e ainda para os tolos.» *Ibid.*

dentre os milhares de páginas desse aluno da *Rebelião dos Anjos*.[38] E, de repente, uma associação, um outro grande escritor nos vem à mente; um escritor que, do início ao fim de sua obra, esteve possuído por um único problema, o problema de Deus e da imortalidade. «Muitas coisas na vida nos são ocultadas», escreve Dostoiévski através da boca de Zosima, nos *Irmãos Karamazov*. «Mas nos é dado em troca o sentimento íntimo de uma vivaz ligação com um outro mundo, um mundo superior, e as próprias raízes de nossos pensamentos e de nossos sentimentos, não estão aqui, mas noutros mundos.»[39]

Dostoiévski acrescenta ainda que tudo vive em nós graças ao sentimento íntimo dessa ligação e que, uma vez desaparecido este sentimento, tornamo-nos indiferentes à vida, chegamos até a detestá-la. Nesse exato momento, em que Bergotte chega à compreensão do que deve ser a arte, em que ele consegue ver, num vislumbre, sua obra passada, suas qualidades e suas fraquezas, sob a luz do

38   Conto moral de Anatole France (1914).
39   «Deus tomou grãos em outro mundo e os semeou sobre essa terra e eles germinaram. Mas aquilo que brota só vive e conhece viço pelo seu sentido de contato com os outros mundos misteriosos. Muitas coisas sobre a terra nos são ocultadas, mas, em troca, recebemos um sentido secreto e oculto de nosso elo vivo com um outro mundo» (*Irmãos Karamazov*, 1879-1880) [Tradução livre] [N. T.]

pequeno pedaço de muro amarelo do pintor de Delft, ele
sente que um ataque do coração se aproxima. Ele quer
sentar-se em um banco ao seu lado, e repete para si mesmo
que não é nada, que se trata provavelmente do resultado
de uma má digestão: ele comeu, inutilmente, algumas
batatas. Mas isso só dura alguns segundos. Seu estado se
agrava precipitadamente e, sem chegar à banqueta, Bergotte cai no chão, fulminado pela morte. E Proust acrescenta, novamente, uma frase sua: «Bergotte está morto,
completamente morto»?[40] E desenvolve a frase prece-
dente que nos lembra Dostoiévski, acrescentando que não
é impossível que Bergotte são esteja inteiramente dissol-
vido e destruído. E Proust termina com uma frase sublime
de poesia, que não tenho condição de lhes repetir com
exatidão: «E toda a noite, e todas as vitrines iluminadas
dos livreiros de Paris, seus livros abertos, de três em três,
velavam, como anjos com asas abertas, o corpo do escritor
falecido».[41] Essa morte de Bergotte, a longa doença que a
precede, juntam-se intimamente, em minha memória, à
morte do próprio Proust, e eu gostaria de terminar essas

40 «Ele estava morto. Morto para sempre?» (*A Prisioneira*, 1923)
41 «Enterraram-no, mas durante toda a noite fúnebre, nas vi-
    trinas iluminadas, seus livros, dispostos de três em três, vela-
    vam como anjos de asas abertas e pareciam, para aquele que
    não existia mais, o símbolo de sua ressurreição». *Ibid.*

lembranças com os poucos detalhes de que me recordo. Nos últimos anos, a doença de Proust se agrava gradativamente. Seus amigos não se informam sobre a gravidade da situação porque, nos raros momentos em que têm a oportunidade de vê-lo, ele é brilhante, cheio de verve e veemência. Sua obra começa a ser publicada, de volume em volume, e encanta seus leitores. É uma descrição do Proust dos últimos anos que vemos nas lembranças de Léon-Paul Fargue: de terno, cútis esverdeada, cabelos pretos quase azuis, em uma recepção na residência Misia Godebska-Sert, sobre o fundo violeta e prateado das decorações de Bonnard. Fargue comenta que esse Proust, que ele via então, era bem diferente do jovem mundano nervoso do pré-guerra, que havia algo de estranhamente maduro em seu sorriso e sua atitude. Sentia-se nele uma distância, um desapego, uma certeza. É desses últimos anos que data esta carta de Proust, de que fala Mauriac em seu *Journal*: «Quero vê-lo. Durante várias semanas, não estive visível, acabo de sair de minhas bandagens, eu estava morto». E Proust sublinhava, na carta, a palavra morto. Como Proust sempre esteve doente, era fácil ver, nessa afirmação, um exagero literário e não a verdade. Mas os médicos viam que seu estado se agravava a cada dia, devido à «terrível higiene de seu trabalho», tendo perdido a fé em qualquer remédio, qualquer regime que quisessem lhe impor. Tinha acessos de cólera atrozes quando seu irmão, médico, queria forçá-lo a se tratar. Não é possível que ele não compreendesse que, naquele estado de saúde, aquele esforço enorme e febril exigido pela revisão de sua obra, precipitava a sua morte. Mas ele havia tomado sua decisão, não se importava, e a morte se lhe tornara verdadeiramente indiferente. Ela veio colhê-lo como ele merecia, em pleno trabalho. Foi encontrado morto, de manhã, na cama. Sobre a mesinha de cabeceira, estava caído um frasco de remédio, cujo líquido escurecera uma pequenina folha de papel sobre a qual fora anotado, durante a noite, com sua fina letra nervosa, o nome de um personagem de terceira grandeza de *Em Busca do Tempo Perdido*: Forcheville.

G. uyenowiec

tu daty — 8/ II do III 41

ТЕТРАДЬ

по _____ ученика
_____

класса _____ школы _____ о

FRANCUZKI

NOTATKI MALARSKIE

INNE ____ о

G. Czapski
Warszawa
Kielecka 14

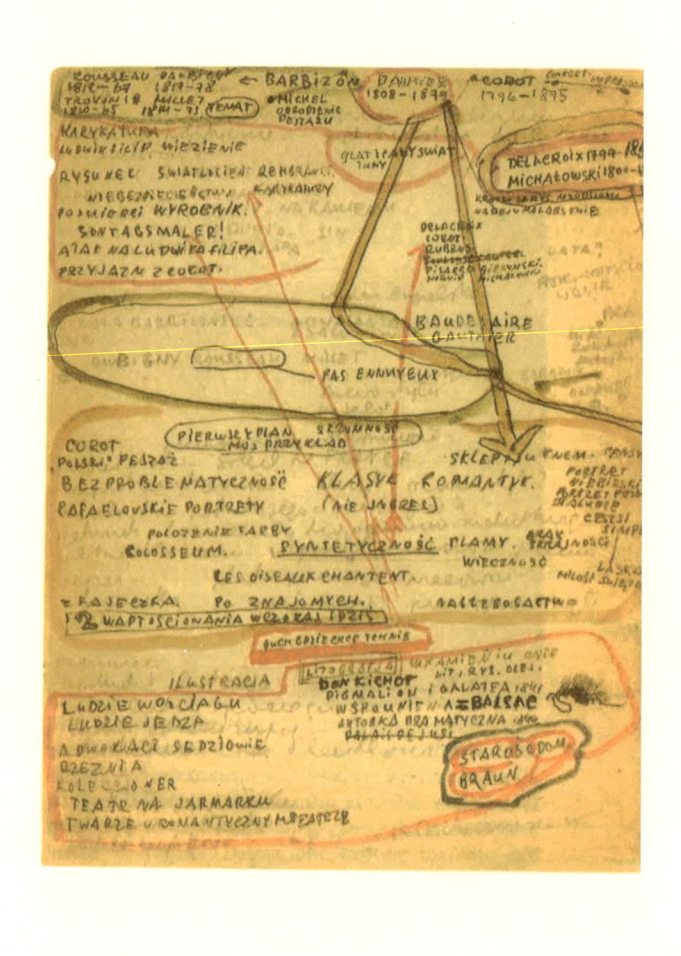

PRZEWARTOŚCIOWANIE

NASZA MŁODSZOŚĆ MALARSKA PRASA 70-80 LATACH. BYCABURMA
i JESTCIE 4 2ª ROKU. 1865.

JON MNIE NIGDY NIE ŁUDZIŁ I WIEM ŻE JEST WIELKIE
PRZED PALANEMI ŁZAMI OCZYMA A PRZEZ WIDZĄCE
POZNAJ PRZEZ ŁEZ SWOICH ŚWIĘTYCH, PRZEKLĘTYCH
RYZMAT, WIDZĄCE TROJENIA I PIERM, ŚMIAŁ BYŻ SIĘ
JEŚLI NIEGDY PRAWDY

Do M. Sokołowskiego, 1865

ALE CO JA LUDZI, NIE MĘZNA ... WIĘCPIĄ WIRLAK
NAUCZAJĄC BĘDĄ DRIEŁ Z SZPIKU KOŚCI IM EUTEŁPIAN

JULIUSZ
KOSSIOLA
IBRZ

... Romantyczne
... autowce

MATEJKO
GOFIET
GROTTGERA

JEDNOCZEŚNIE
Z CHOPINEM PREKURSOREM.
MICKIEWICZEM (CANALETTO)
CLOVAELIM PRE KU REFORM.

MICHAŁOWSKI ZAWDZIĘCZAJĄC CODZIENNIE RYSUNKI
SZLACHEICK

DE L'ARTE
VELASQUEZ WIEDEŃ PARYŻ GERICAULT NIERÓWNOŚCI
RYMBRANDT HALS
PAŃSTWO RZEMIOSŁO ZAROBEK

DELICATUM PALATUM GORWICKI TŁUMACZĄ
DWORZANINA · BALTAZARA CASTIGLIONE VASARI
SZLACHCICON NIEPOTRZEBNE EDMUND RENAIN DELLA PITTURA 17 P.

... NA ZELEA ...GNE

DO DORAT KRYTYKI XIX WIEK
DELACROIX JERRES GOETHER CELL
BAUDELAIRE
HUMANS ZOLA

NAPOLEON SAMOSIERRA !! FOLGIE A GROLIC
WOJSKO ZBROJE ROZOWE STARENIEGO PORTRETY

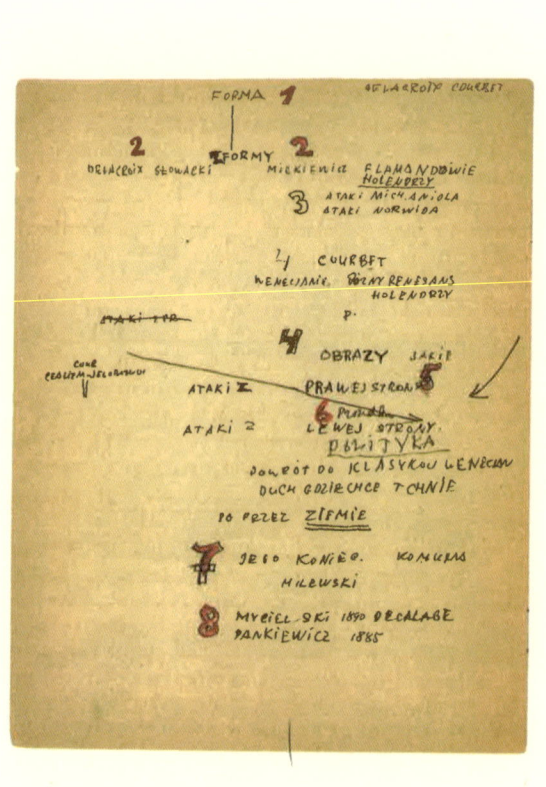

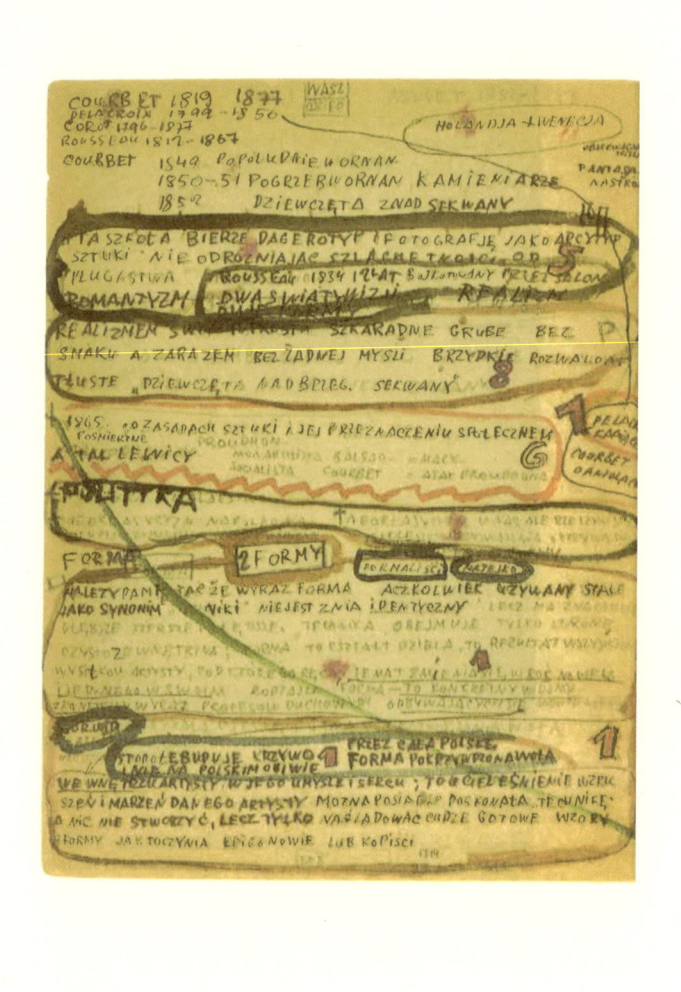

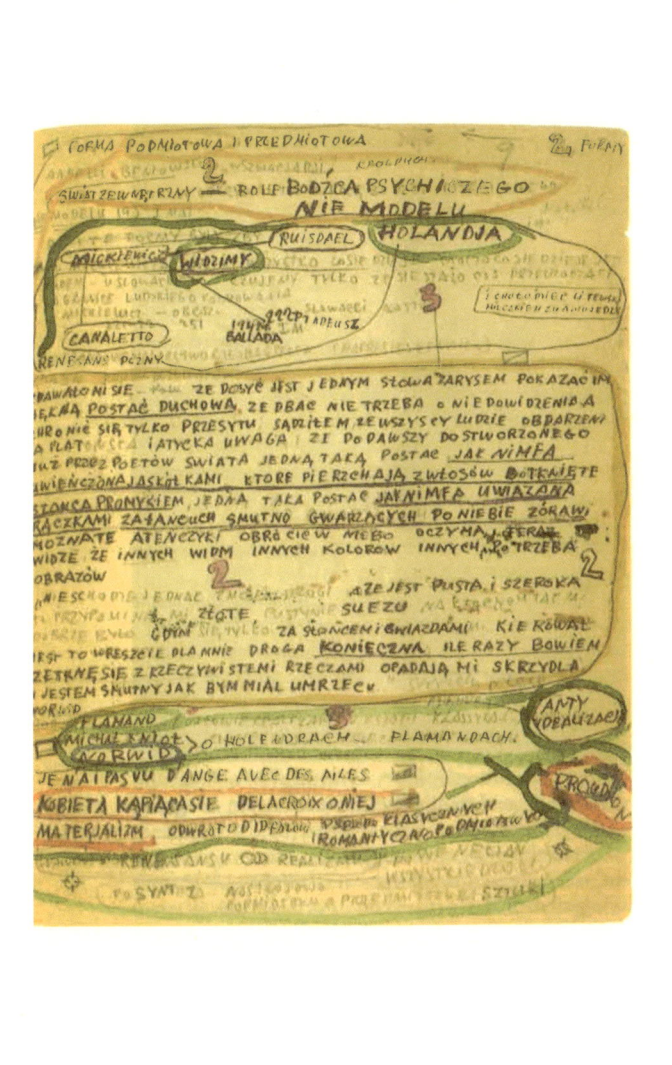

FORMA PODMIOTOWA I PRZEDMIOTOWA — POEZJ

ŚWIAT ZEWNĘTRZNY = ROLE BODŹCA PSYCHICZNEGO
NIE MODELU

RUISDAEL HOLANDJA
MICKIEWICZ WIDZIMY
CANALETTO BALLADA
RENESANS PÓŹNY

ZDAWAŁO MI SIĘ ŻE DOŚĆ JEST JEDNYM SŁOWA ZARYSEM POKAZAĆ IN
JEŁĄ POSTAĆ DUCHOWĄ, ŻE DBAĆ NIE TRZEBA O NIE DOWIDZENIA A
CHRONIĆ SIĘ TYLKO PRZESYTU. SĄDZIŁEM ŻE WSZYSCY LUDZIE OBDARZENI
PLATOŃSKĄ I ATYCKĄ UWAGĄ, ŻE PODAWSZY DO STWORZONEGO
JUŻ PRZEZ POETÓW ŚWIATA JEDNĄ TAKĄ POSTAĆ JAK NIMFA
UWIEŃCZONĄ JASEŁKAMI KTÓRE PIERZCHAJĄ Z WŁOSÓW ROZKWITE
SŁOŃCA PROMYKIEM, JEDNĄ TAKĄ POSTAĆ JAK NIMFA UWIĄZANĄ
RĄCZKAMI ZA ŁAŃCUCH SMUTNO GWARZĄCYCH PO NIEBIE ŻÓRAWI,
MOŻNA TE ATEŃCZYKI OBRÓCIĆ W NIEBO OCZYMA, A ŻEBY
WIDZĘ ŻE INNYCH WIDM INNYCH KOLORÓW INNYCH, POTRZEBA
OBRAZÓW

A ŻE JEST PUSTA I SZEROKA
ZŁOTE SUEZU
CZYM TYLKO ZA SŁOŃCEM I GWIAZDAMI KIEROWAŁ
TO WRESZCIE DLA MNIE DROGA KONIECZNA ILE RAZY BOWIEM
ZETKNĘ SIĘ Z RZECZYWISTEMI RZECZAMI OPADAJĄ MI SKRZYDŁA
I JESTEM SMUTNY JAK BYM MIAŁ UMRZEĆ.

NORWID
FLAMAND
MICHAŁ ANIOŁ O HOLENDRACH FLAMANDACH.
NORWID

JE N'AI PAS VU D'ANGE AVEC DES AILES

KOBIETA KĄPIĄCA SIE DELACROIX O MIEJ
MATERJALIZM ODWRÓT OD IDEAŁÓW KLASYCZNYCH
ROMANTYCZNO

RENESANSU OD REALIZM

PO SYNT Z
PODMIOTEM A PRZEDMIOTEM SZTUKI

PROMIEŃ

ANTY
OBRAZACJI

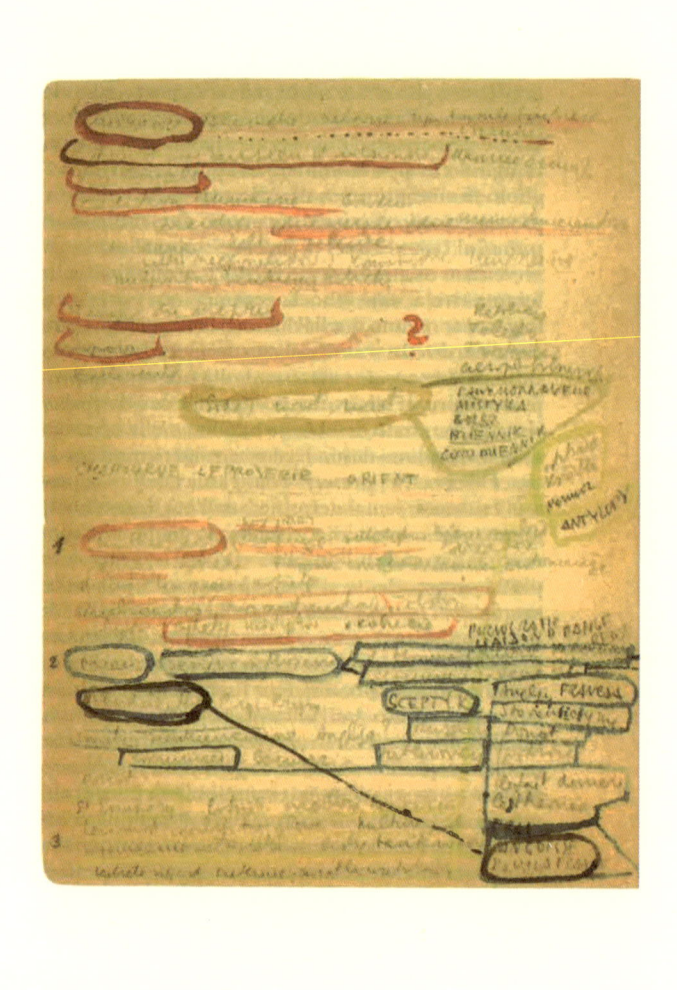

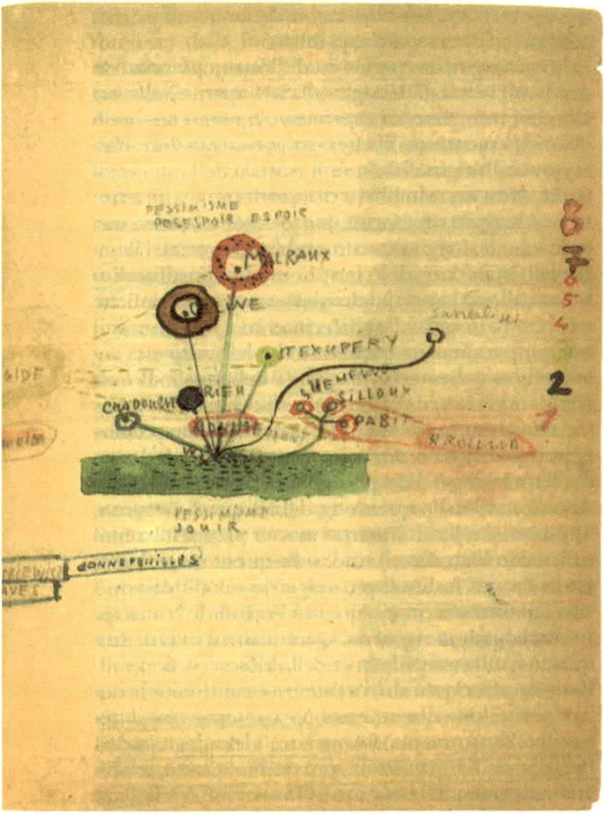
PESSIMISME
MALRAUX
ST EXUPERY
RIEN
SILLONS
DABIT
JOUIR
8
5
4
2
7

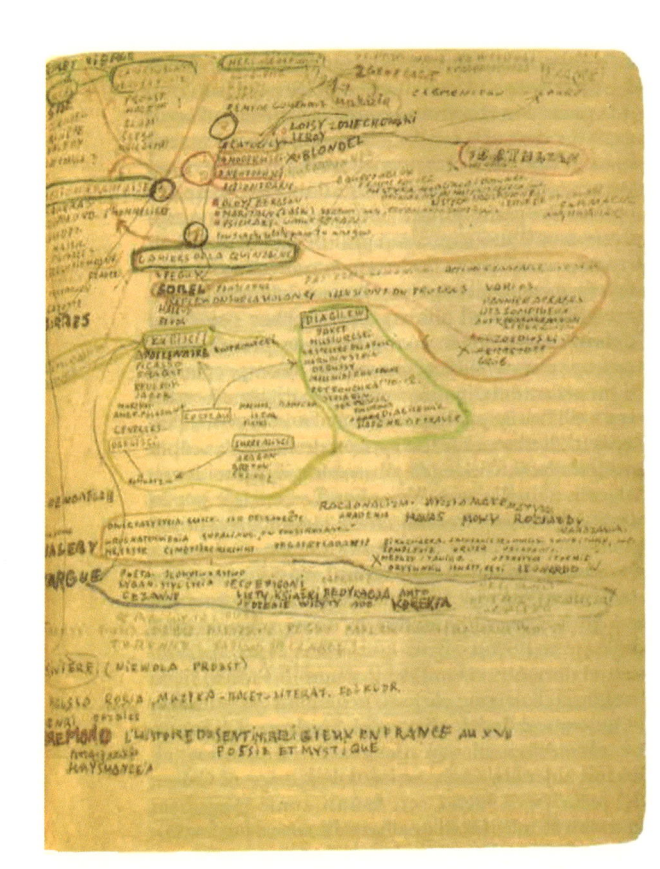

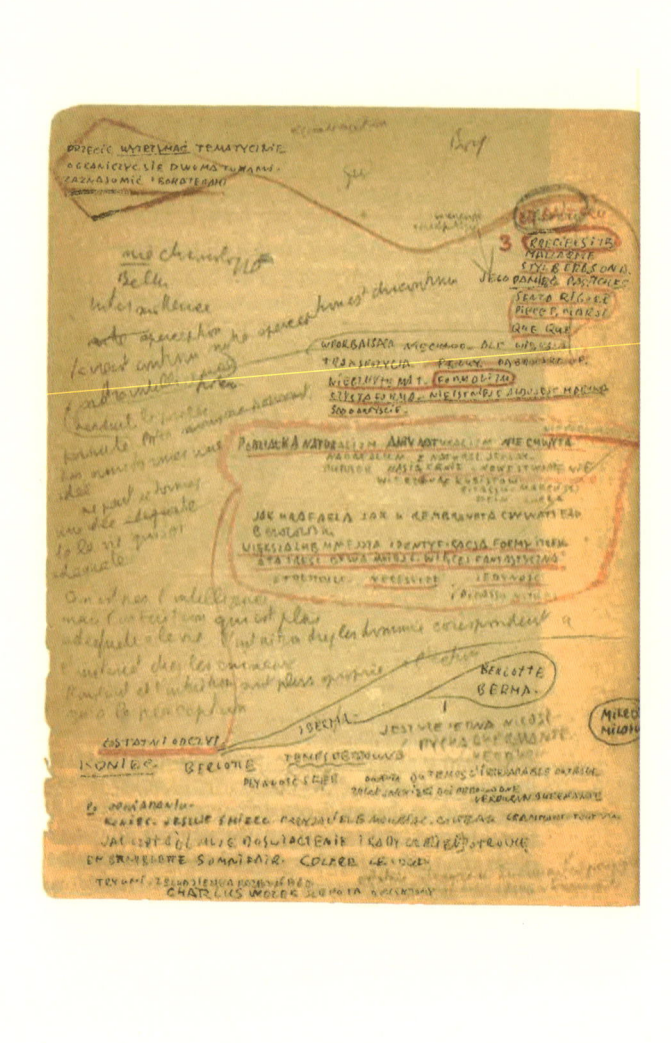

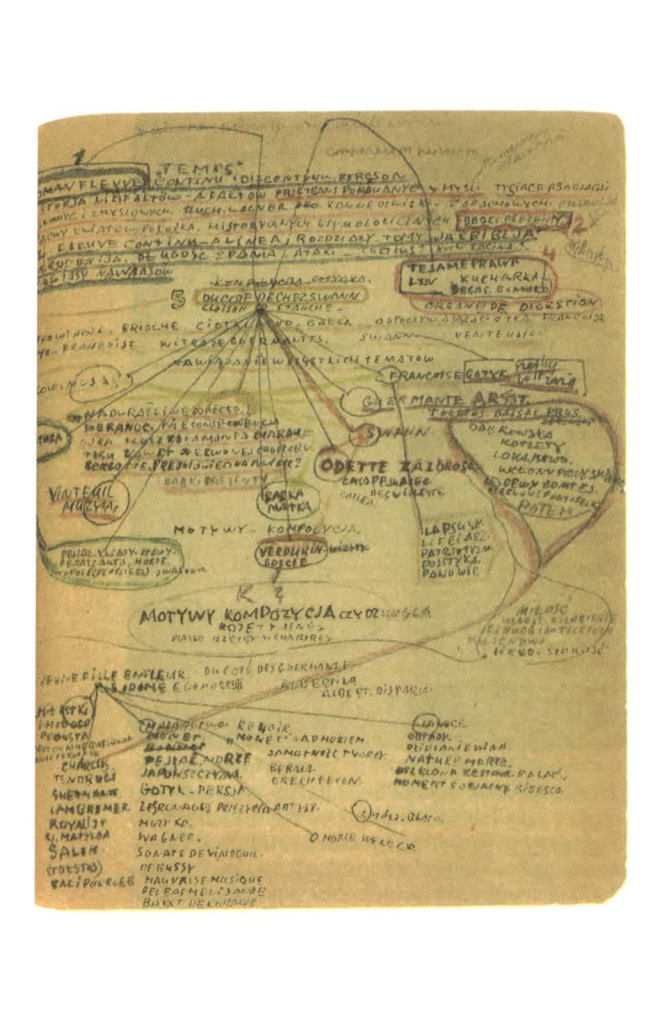

PROUST. LE CÔTÉ DE CHEZ SWANN

À CHEVAL

LE DE CÔTÉ DE CHEZ SWANN

WAHRHEIT UND DICHTUNG

ROMAN FLEUVE

À LA RECHERCHE DU TEMPS PERDU

TŁUMACZENIE BOYA   JOM. ANGIELSKI. NIEMIECKIE
GREYUS — SYN ZDANIA

WYDANIE GIDE RIVIÈRE   J EDEN TOM (RIEDA) 3 ANS AJ NER   I TEORJA BOYA

MALARSTWO BOTICELLI VERMER IMPRESSJON   NORIE JAPONS CZYZNA

ARCHITEKSUROS
STENDHAL
SAINTE LOUG
YOYLI PERSJA

ТЕТРАДЬ

по _____ ученіе _____

_____ класса _____ школы

_____

_____ И. Стасенко

STENDHAL 1791-1894
DELACROIX 1799-1856
INGRES 1780-1863?

CONSTABLE 1776-1837
LAWRENCE
...

NIE RAFAEL   MICHAŁOWSKI 1800-1855
NIE GRECJA
ALE RUBENS 1577-1640
ALE NEWIDOWIE GŁÓWNA ANNO 1599-1641

PIĘĆ NOWOSTAŁY X SUBANTYZNIE SIĘ WIZJA   R WE FRANCJI
PROGRAM

... OKLEŃSKI I BARWY
... ... BALZAC

DELACROIX COLORANCE
WIR 69 — FLEET KONSTANTYNOPOL CHAOS (ANTEM SZ)
ZNOWY
TA WALKA PARIS
WALEC SMIESZNE
WRONIE PIERZYŁ ...

SZTUKI   WARATIE   TYLKO DELACROIX
...

KULT KLASYCZNYM NIE CHEOPS
FRONSTEFF PEN- POTRZEBNI RANIA (CHOPIN)
...
... MUZYKA BEETHOVEN CHOPIN
MUZYKA WŁOSKA

...

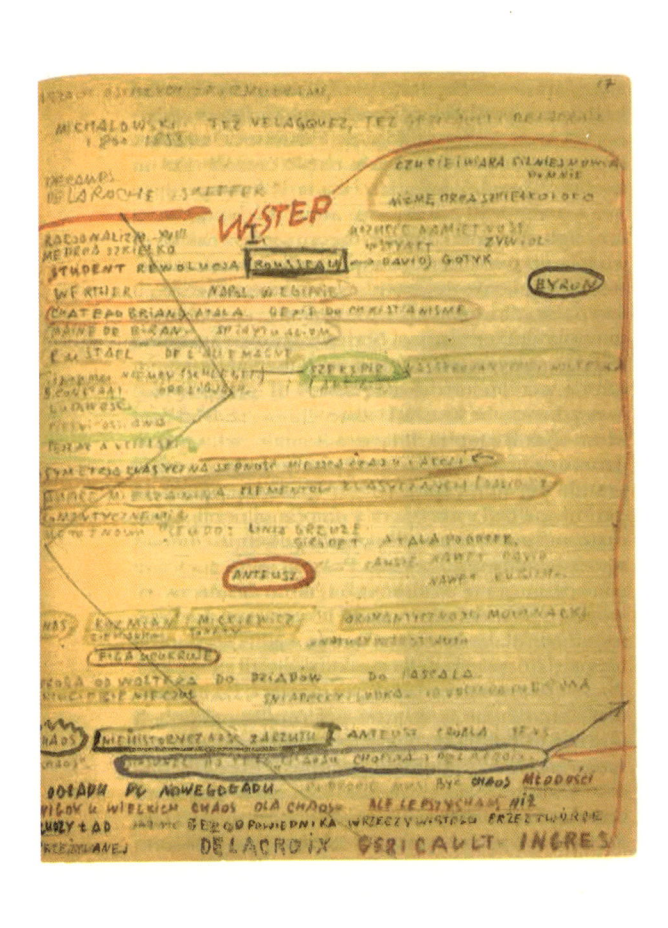

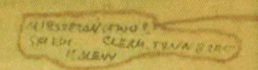
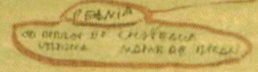

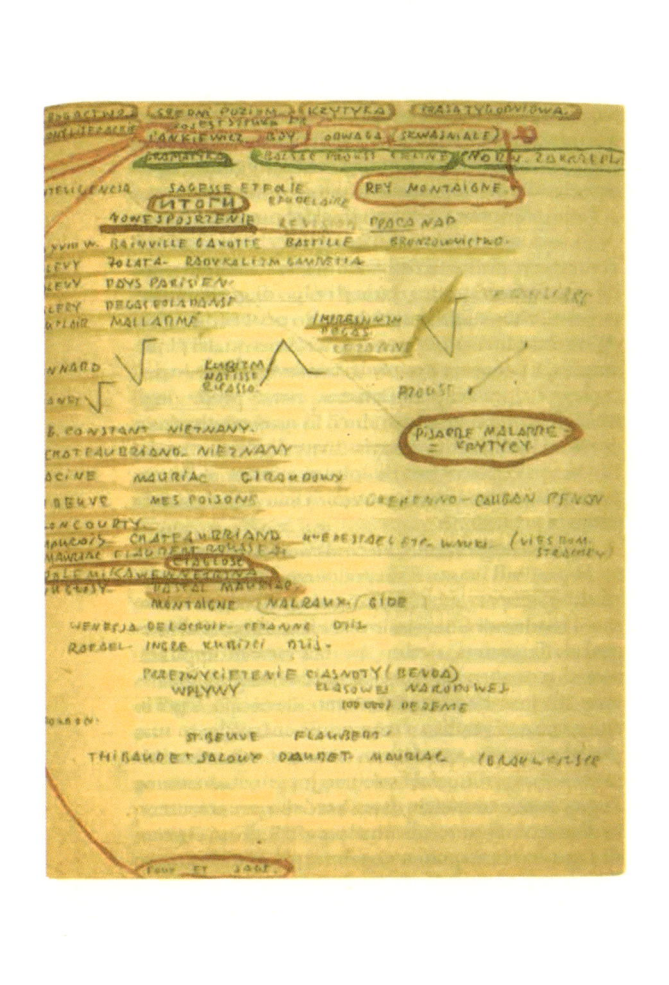

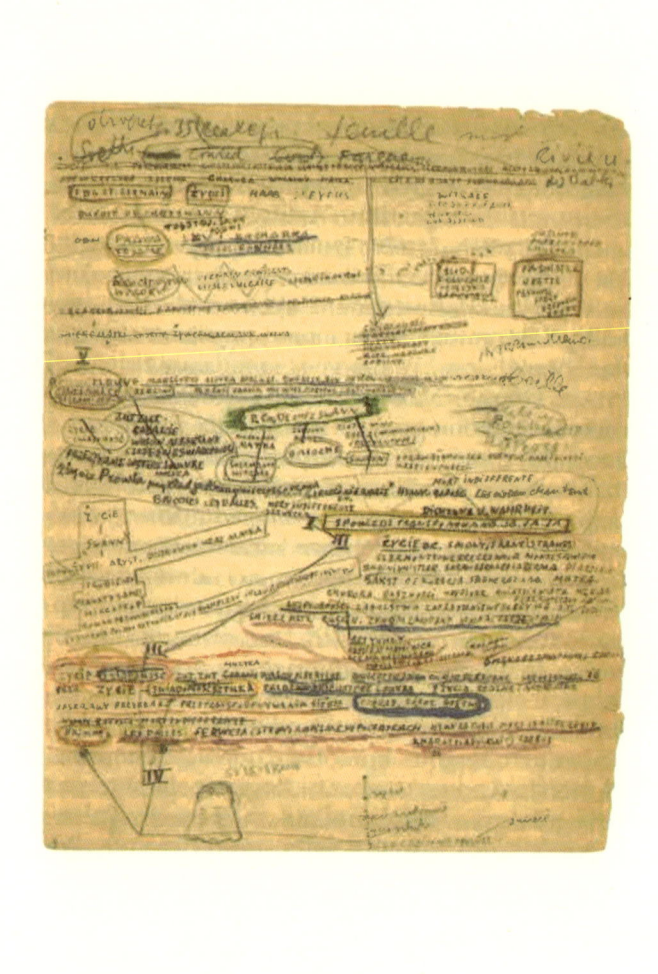

DAS ANDERE

Composto em Lyon Text e GT Walsheim
Belo Horizonte, 2022